A PAIXÃO DE A.

ALESSANDRO BARICCO

A paixão de A.

Tradução
Roberta Barni

Companhia Das Letras

Copyright © 2009 by Alessandro Baricco
Todos os direitos reservados.

Grafia atualizada segundo o Acordo Ortográfico da Língua Portuguesa de 1990, que entrou em vigor no Brasil em 2009.

Título original
Emmaus

Capa
Mariana Newlands

Foto de capa
Julie Lemberger/ Corbis (DC)/ LatinStock

Preparação
Silvia Massimini Felix

Revisão
Renata Del Nero
Jane Pessoa

Dados Internacionais de Catalogação na Publicação (CIP)
(Câmara Brasileira do Livro, SP, Brasil)

Baricco, Alessandro
A paixão de A. / Alessandro Baricco ; tradução Roberta Barni. — São Paulo : Companhia das Letras, 2011.

Título original: Emmaus.
ISBN 978-85-359-1966-0

1. Ficção italiana I. Título.

11-09608   CDD-853

Índice para catálogo sistemático:
1. Ficção : Literatura italiana   853

[2011]
Todos os direitos desta edição reservados à
EDITORA SCHWARCZ LTDA.
Rua Bandeira Paulista, 702, cj. 32
04532-002 — São Paulo — SP
Telefone (11) 3707-3500
Fax (11) 3707-3501
www.companhiadasletras.com.br
www.blogdacompanhia.com.br

*A Dario Voltolini
e Davide Longo, mestres*

Prólogo

O conversível vermelho fez uma manobra e parou diante do garoto. O homem ao volante dirigia com muita calma e parecia não ter pressa nem preocupações. Usava um boné elegante, o carro estava de capota aberta. Parou e, com um belo sorriso, disse ao garoto Você viu Andre?

Andre era uma garota.

O garoto não entendeu direito, achou que o homem queria saber se ele já a tinha visto por aí, na vida — se tinha visto que maravilha ela era. "Você *viu* Andre?" Como uma coisa entre homens.

Então o garoto disse Sim.

Onde?, perguntou o homem.

Já que o homem ainda sustentava uma espécie de sorriso, o garoto continuou a entender as perguntas de maneira errada. Assim respondeu Por toda parte. Depois pensou em ser mais específico e acrescentou De longe.

Então o homem fez que sim com a cabeça, como para dizer que concordava e que tinha entendido. Continuava a sorrir. Cuide-se, disse. E foi embora, mas sem forçar a marcha — como se nunca tivesse precisado forçar a marcha na sua vida.

Quatro travessas adiante, onde um semáforo piscava inutilmente ao sol, o conversível vermelho foi atingido por um furgãozinho desgovernado.

É preciso dizer que o homem era o pai de Andre.

O garoto era eu.

Faz muitos anos.

A PAIXÃO DE A.

Tal qual o amor imenso,
imensa foi sua partida.
Giovanni Battista Ferrandini,
O pranto de Maria (*c.* 1732)

Todos temos dezesseis, dezessete anos — mas sem que realmente saibamos, é a única idade que podemos imaginar: mal e mal sabemos do passado. Somos muito normais, não há outro plano previsto além de ser normal, é uma inclinação que herdamos no sangue. Durante gerações nossas famílias trabalharam para refinar a vida até tirar dela qualquer evidência — qualquer aspereza que pudesse nos destacar ao olhar distante. Com o tempo acabaram conseguindo certa competência no ramo, mestres da invisibilidade: a mão segura, o olhar sábio — artesãos. É o jeito de apagar a luz, ao sair dos quartos — as poltronas estão cobertas com celofane, na sala. Os elevadores às vezes têm um mecanismo pelo qual só podemos ter o privilégio de subir quando se introduz nele uma moeda. A utilização na descida é gratuita, embora em geral seja considerada dispensável. Na geladeira as claras de ovos são guardadas num copo, e raramente vamos ao restaurante, sempre aos domingos. Nos terraços, cortinas verdes protegem da poeira das alamedas algumas plantinhas coriáceas e mudas, que nada prometem. A luz, muitas vezes, é considerada um incômodo. Gratos ao nevoeiro, por mais absurdo que possa parecer, vivemos, se é que aquilo é viver.

Entretanto somos felizes, ou pelo menos assim acreditamos.

No enxoval da normalidade regulamentar, complemento irrenunciável é o fato de que somos católicos — crentes e católicos. Na realidade essa é a anomalia, a loucura com a qual revertemos o teorema da nossa simplicidade, mas tudo nos parece muito rotineiro, regulamentar. Acreditamos, e não parece haver outra possibilidade. E no entanto cremos com ferocidade, e fome, não de uma fé tranquila, mas de uma paixão descontrolada, como uma necessidade física, uma urgência. É a semente de certa loucura — a condensação evidente de um temporal no horizonte. Mas pais e mães não leem a tempestade que se aproxima, só a falsa mensagem de uma branda aquiescência quanto aos rumos da família: assim nos deixam ir ao largo. Jovens que passam o tempo livre trocando os lençóis de doentes esquecidos na própria merda — isso ninguém lê pelo que é —, uma forma de loucura. Ou o gosto pela pobreza, o orgulho pelas roupas miseráveis. As orações, o orar. O sentimento de culpa, sempre. Somos desajustados, mas ninguém quer perceber isso. Cremos no Deus dos Evangelhos.

Assim, para nós o mundo tem fronteiras físicas muito imediatas, e fronteiras mentais fixas como uma liturgia. E aquele é nosso infinito.

Mais ao longe, para além dos nossos hábitos, num hiperespaço do qual não sabemos quase nada, há os outros, figuras no horizonte. O que salta aos olhos é que não creem — aparentemente não creem em nada. Mas também certa familiaridade com o dinheiro, e os reflexos brilhantes dos seus objetos e dos seus gestos, a luz. Provavelmente são apenas ricos — e nosso olhar é o olhar que vem de toda burguesia culta em seu esforço de ascensão — olhares que vêm da penumbra. Não sei. Mas percebemos claramente que neles, pais e filhos, a química da vida não produz fórmulas exatas, mas arabescos espetaculares, como esquecida da sua função reguladora — ciência embriagada. Daí o efeito de existências que não entendemos — escrituras cuja chave se perdeu. Não são morais, não são prudentes, não têm vergonha, e são assim há um tempão. Evidentemente podem contar com celeiros cheios até dizer chega, porque esbanjam sem calcular a colheita das estações, que seja dinheiro ou mesmo só reconhecimento, experiência. Colhem indistintamente bem e mal. Queimam a memória e, nas cinzas, leem o próprio futuro.

Prosseguem solenes, e impunes.

De longe, nós os deixamos passar em nossos olhos e às vezes até nos pensamentos. Pode acontecer ainda que no seu líquido arranjo cotidiano a vida nos leve a roçá-los, por acaso, suspendendo por breves instantes as distinções que brotam naturais. São os pais, geralmente, que se misturam — raramente algum de nós, uma amizade passageira, uma garota. Assim, podemos olhá-los de perto. Quando depois regressamos a nossas fileiras — não propriamente rechaçados de volta, mas sim liberados do encargo —, ficam na memória algumas páginas abertas, escritas na língua deles. O som pleno, redondo, que as cordas dos seus pais soam, no jogo de tênis, quando as raquetes atingem a bola. As casas, sobretudo as de praia ou de campo, das quais eles parecem com certa frequência se esquecer — sem problema dão as chaves aos filhos, nas mesinhas ainda há copos empoeirados de bebidas alcoólicas, e nos cantos esculturas antigas, como num museu, mas dos armários despontam sapatos de verniz. Os lençóis, pretos. Nas fotos, bronzeados. Quando estudamos com eles — na casa deles —, o telefone toca o tempo todo e vemos as mães, que frequentemente se desculpam por alguma coisa, mas sempre rindo e com um tom de voz que não conhecemos. Depois se aproximam e passam a mão em nossos cabelos, dizendo alguma coisa como garotas, e pressionam os seios contra nosso braço. Há também a criadagem, e horários imprudentes, como improvisados — não parecem acreditar no poder de salvação dos hábitos. Não parecem acreditar em nada.

É um mundo, e Andre vem dele. Distante, aparece de vez em quando, sempre em histórias que não nos dizem respeito. Apesar de ter nossa idade, fica quase o tempo todo com os mais velhos, e isso a torna mais estranha ainda, e eventual. Nós a vemos — é difícil dizer se ela alguma vez nos vê. Provavelmente não sabe sequer nossos nomes. O dela é Andrea — que em nossas famílias é um nome de meninos, mas não na dela, na qual até para dar nomes instintivamente há certa tendência ao privilégio. E não pararam aí, pois afinal a chamam de Andre, com o acento sobre o A, e é um nome que existe só para ela. Assim sempre foi, para todos, Andre. É por natureza muito bonita, quase todos, entre eles, são assim, mas é preciso dizer que ela é especialmente bonita, e sem querer. Tem um quê de masculino. Uma dureza. Isso facilita as coisas para nós — somos católicos: a beleza é uma virtude moral e não tem nada a ver com o corpo, portanto a curva de um traseiro não significa nada, nem o ângulo perfeito de um tornozelo delgado tem de significar alguma coisa: o corpo feminino é o objeto de uma sistemática remissão. Em conclusão, tudo que sabemos da nossa inevitável heterossexualidade foi aprendido pelos olhos escuros de um amigo querido ou pelos lábios de um colega do qual tivemos ciúmes. A pele, de vez em quando, com gestos que esboçamos sem entender, sob as malhas de futebol. No fim, claro que as garotas um pouco masculinas nos agradam mais. Andre, nisso, é perfeita. Tem cabelos longos, mas com a fúria de um índio norte-americano — nunca a vi arrumá-los ou penteá-los, ela tem cabelos e só. Toda a sua maravilha está no rosto — a cor dos olhos, a maçã do rosto angulosa, a boca. Não parece necessário olhar para mais nada — seu corpo é somente uma maneira de ficar, de apoiar o peso, de ir embora — é uma consequência. Nenhum de nós nunca se perguntou como ela é debaixo do pulôver, não é urgente sabê-lo, e somos gratos por isso. Basta, para todos, aquele seu jeito de se mover a cada instante — uma elegância herdada de gestos e meias-vozes, prolongamento da sua beleza. Em nossa idade, ninguém realmente controla o corpo, andamos com a hesitação do potro, temos vozes não nossas: mas ela parece antiga, de tanto que conhece, de cada jeito de ficar, suas nuanças, por instinto. É claro que as outras garotas experimentam os mesmos movimentos e entoações, mas raramente conseguem, porque é uma construção, enquanto nela é um dom — graça. Tanto ao se vestir como ao se portar — a cada instante.

Então, de longe, ficamos enfeitiçados por ela, assim como ficam enfeitiçados, é preciso dizer, os outros também, todos eles. Os garotos maiores sabem da sua beleza e, até mesmo os velhos, que têm quarenta anos. Sabem disso suas amigas, e todas as mães — e a sua, como uma ferida nos flancos. Todos sabem que é assim, e que não há nada a fazer.

Pelo que sabemos, não há ninguém que possa afirmar ter sido namorado de Andre. Nunca a vimos de mãos dadas com alguém. Ou dar um beijo — nem mesmo um gesto leve sobre a pele de um garoto. Não tem nada a ver com ela. Não se importa em agradar a *alguém* — parece empenhada em alguma outra coisa — mais complicada. Há garotos que deveriam atraí-la, muito diferentes de nós, é claro, como os amigos do irmão, bem vestidos, que falam com um sotaque estranho, como se fizessem questão de não abrir muito a boca. Querendo, haveria até homens adultos que nos parecem revoltantes e que estão sempre à sua volta. Gente com carro. E acontece, realmente, de Andre sair com eles — nos seus carros revoltantes ou nas motos. Sobretudo à noite — como se a escuridão a levasse para um cone de sombras que não queremos entender. Mas tudo isso não tem nada a ver com o andamento natural das coisas — de garotos e garotas juntos. É como uma sequência à qual foram retiradas certas passagens. Não decorre daí aquilo que chamamos de amor.

Assim, Andre não é de ninguém — mas nós sabemos que, também, é de todos. Pode ter uma parte de invencionice, sem dúvida, mas o que se conta por aí é cheio de detalhes, como de alguém que tivesse visto e sabe. E nós a *reconhecemos* naquelas histórias — custamos a visualizar tudo, mas ela, ali no meio, é ela mesmo. Seu jeito. Espera nos banheiros dos cinemas, encostada na parede, e eles vão, um depois do outro, e a tomam, sem que ela sequer se vire. Ela vai embora, depois, sem voltar à sala para buscar o sobretudo. Vão para a putaria com ela, e ela ri muito e fica num canto, olhando — se são travestis, olha para eles e os toca. Nunca bebe, não fuma, trepa lucidamente, sabendo o que faz e, dizem, sempre em silêncio. Andam por aí umas fotos polaroide, que nós nunca vimos, em que ela é a única mulher. Não se importa de ser fotografada, não se importa que às vezes sejam os pais, depois os filhos, parece não se importar com nada. Cada manhã, mais uma vez é de ninguém.

Para nós é difícil de entender. À tarde vamos ao hospital, o dos pobres. Ala masculina, urologia. Sob as cobertas, os doentes não vestem as calças de pijama, mas têm um tubinho de borracha enfiado na uretra. O tubinho está ligado a outro tubinho, ligeiramente maior, que acaba numa bolsa de plástico transparente, presa ao lado da cama. Assim, os doentes mijam sem perceber ou sem ter que levantar. Tudo acaba na bolsa transparente — a urina é aguada, ou mais escura, até estar vermelha de sangue. O que nós fazemos é esvaziar aquelas benditas bolsas. É preciso desconectar os dois tubinhos, retirar a bolsa, ir ao banheiro segurando nas mãos aquela bexiga cheia e esvaziar tudo no vaso sanitário. Depois voltamos para a ala e ajeitamos tudo no lugar. O difícil é aquele negócio de desconectar — você aperta com os dedos o tubinho que está inserido na uretra e tem que dar um puxão, do contrário ele não se solta do outro tubinho, aquele ligado à bolsa. Então, você procura fazer as coisas devagar. Falamos enquanto fazemos isso — dizemos algo engraçado aos doentes, enquanto estamos dobrados sobre eles tentando não machucá-los muito. Eles, naquele momento, não dão a mínima para nossas perguntas, porque só pensam naquele tiro no pau, mas respondem, entre os dentes, porque sabem que se estamos falando é por eles. As bolsas são esvaziadas por meio de uma tampinha vermelha no canto inferior. Muitas vezes no fundo fica uma espécie de areia, como nos fundos de garrafa. Então, você tem que enxaguar bem. Fazemos isso porque acreditamos no Deus dos Evangelhos.

 Quanto a Andre, é preciso dizer que uma vez nós a vimos com nossos olhos, num bar — àquela hora da noite, sofás de couro e luzes baixas e muitos daqueles — nós estávamos ali por engano, pela vontade de um sanduíche àquela hora da noite. Andre estava sentada, outros estavam sentados, todos daquele naipe. Ela se levantou e saiu passando perto de nós — foi se apoiar no capô de um carro esporte, na segunda fila, com as lanternas acesas. Chegou um daqueles, abriu o carro e os dois entraram. Nós estávamos comendo o sanduíche, em pé. Não saíram dali — não devia significar muita coisa o fato de que os carros passassem do lado — e às vezes algum raro pedestre. Ela se abaixou, enfiando a cabeça entre a direção e o peito do rapaz: que ria, enquanto isso, e olhava para a frente. A porta do carro cobria tudo, é óbvio, mas de vez em quando se via pela janela a cabeça dela se levantando — dava uma olhada para fora, segundo um ritmo todo seu. Numa daquelas vezes ele pôs a mão na sua cabeça para empurrá-la de novo para baixo, mas Andre a tirou com um gesto irado — e berrou alguma coisa. Nós continuávamos comendo o sanduíche, mas estávamos como enfeitiçados. Por algum tempo, ficaram naquela posição ridícula, sem falar — Andre parecia uma tartaruga com a cabeça para fora. Depois, porém, tornou a abaixá-la, atrás da porta do carro. O rapaz curvou o pescoço para trás. Nós acabamos o sanduíche e, no fim, o rapaz desceu do carro, estava rindo e arrumando o paletó. Tornaram a entrar no bar. Andre passou à nossa frente e olhou para um de nós, como se tentasse lembrar alguma coisa. Depois foi sentar-se mais uma vez no sofá de couro.

Era realmente um boquete, disse depois Bobby, que sabia o que era — o único entre nós que sabia direito o que era um boquete. Tinha tido uma namorada que fazia. Confirmou então que era um boquete, não havia dúvida. Continuamos a caminhar em silêncio, é claro que cada um de nós estava tentando juntar as coisas, para imaginar mais atentamente o que tinha acontecido atrás da porta do carro. Estávamos criando uma imagem na cabeça, e apontávamos para o primeiro plano. Trabalhávamos com o pouco que tínhamos — eu havia guardado precisamente um relance da minha namorada, certa vez, com a ponta do meu cacete na boca, mas só a pontinha — ficou com ele assim, sem se mexer, e com os olhos estranhamente abertos — um pouco abertos demais. Dali a imaginar Andre — não era assim tão fácil, sem dúvida. Mas deve ter sido mais fácil para Bobby, com certeza, e talvez também para Luca, que é taciturno sobre essas coisas, mas deve ter visto mais que eu, feito e visto. Quanto ao Santo, ele é diferente. Não tenho vontade de falar dele — não agora. De qualquer maneira, é daqueles que não excluem ser padre, quando pensa no que vai ser quando crescer. Ele não diz isso, mas dá para perceber. Foi ele quem achou o trabalho no hospital — faz parte do nosso modo de utilizar o tempo livre. Antes íamos passar as tardes com alguns velhinhos — levávamos comida para eles, eram velhos sem um tostão, esquecidos —, íamos a suas casas minúsculas. Então O Santo descobriu aquela história do hospital dos pobres e disse que era bonita. De fato, nós gostamos, depois, de sair ao ar livre, ainda com o cheiro de mijo nas narinas, e caminhar de cabeça erguida. Debaixo das cobertas, os velhos doentes têm membros cansados, e todos os pelos brancos em volta, como os cabelos, brancos. São paupérrimos, não têm parentes que lhes levem o jornal, abrem bocas podres, queixam-se de modo asqueroso. É preciso vencer o nojo, pela sujeira, os cheiros e os detalhes — todavia, somos capazes de fazer isso, e recebemos em troca algo que não saberíamos explicar — como uma certeza, a consistência pétrea de uma certeza. Assim saímos na escuridão mais firmes e, aparentemente, mais verdadeiros. É a mesma escuridão que a cada noite traga Andre e suas perdidas aventuras, embora em outras latitudes da vida, árticas, extremas. Por mais absurdo que seja, há uma única treva, para todos.

Como se viu, chamamos um de nós de Bobby. Ele tem um irmão mais velho que é o John Kennedy cuspido e escarrado. Por isso ele é Bobby.

Certa noite sua mãe estava arrumando as coisas na cozinha — acabaram falando de Andre. Nossas mães falam de Andre, se calhar, ao passo que os pais seguem adiante com uma careta indecifrável, de tão bela e escandalosa que Andre é — ficam constrangidos ao falar dela, fazem questão de parecer assexuados. Por isso aquela mãe, ao contrário, falou de Andre com Bobby. Disse: coitadinha. Coitadinha não era a palavra que ocorria a Bobby, se pensava em Andre. Então a mãe teve que explicar. Enrolava os guardanapos e enfiava em argolas de madeira, mas de plástico, coloridas. Disse que aquela garota não era como as outras. Eu sei, disse Bobby. Não, você não sabe, ela disse. E depois acrescentou que Andre tinha se matado — acontecera havia algum tempo. Ficaram quietos. A mãe de Bobby não sabia se era o caso de continuar. Tentou se matar, disse por fim. Depois recomendou muito que Bobby não comentasse com ninguém — foi assim que ficamos sabendo.

Tinha escolhido um dia chuvoso. Tinha se vestido com um monte de roupa. Embaixo de tudo tinha posto um par de cuecas do irmão. Depois tinha continuado com camisetas, pulôveres e uma saia sobre as calças compridas. As luvas também. Um chapéu e dois sobretudos, um mais leve, embaixo, e outro mais grosso. Tinha calçado botas de borracha — de borracha verde. Saíra daquele jeito e fora para a ponte, aquela sobre o rio. Já que era noite, ali não havia ninguém. Alguns carros, sem vontade de parar. Andre se pôs a andar sob a chuva, ela queria era ensopar tudo e ficar pesada feito um trapo. Andou muito, para lá e para cá, até sentir o peso de todas aquelas coisas podres. Depois pulou por cima da balaustrada de ferro e se jogou na água, que àquela hora estava negra — a água do rio negro.

Alguém a salvou.

Mas quem começou a morrer nunca para de fazê-lo, e agora nós sabemos por que Andre nos atrai para além de qualquer bom senso, e a despeito de qualquer convicção nossa. Nós a vemos rir, ou fazer coisas como andar de scooter, e acariciar um cachorro — certas tardes ela vai passear com uma amiga, segurando-a pela mão, e tem umas bolsinhas dentro das quais põe coisas úteis. Todavia, nós não acreditamos mais, porque temos em mente, quando ela gira a cabeça de súbito procurando algo, os olhos aterrorizados — oxigênio. Até o costume que tem, o pescoço curvado para trás, o queixo erguido — o costume de ficar assim. Como sobre um invisível fio de água. E cada dissipação sua, inclusive aquelas impronunciáveis e sem vergonha, que não sabemos dizer. São como relâmpagos, e nós os entendemos.

É que morre. Andre — morre.

Depois Bobby perguntou para a mãe por que Andre tinha feito aquilo, mas aí a mãe se complicou um pouco, dava para perceber que ela não queria mesmo contar o resto da história, fechou de repente uma gaveta, com uma força desnecessária, são mães que não desperdiçam nada, nem a pressão de um pulso no puxador de uma gaveta — mas ela o fez, e era para dizer que não se falava mais naquilo.

Certa vez fomos até a ponte, à noite, pois queríamos ver a água negra — *aquela* água negra. Eu, Bobby, o Santo e Luca que, entre todos, é meu melhor amigo. Fomos de bicicleta. Queríamos ver o que os olhos de Andre tinham visto, por assim dizer. E qual era realmente a altura do ar, para pensar em saltá-lo. Tínhamos também uma vaga ideia de subirmos em pé na balaustrada ou, talvez, balançar pendendo um pouco para a frente, no vazio. Segurando firme, de qualquer modo, pois todos nós somos garotos que chegam em casa pontualmente para o jantar — nossas famílias acreditam nos hábitos e nos horários. Então, fomos: mas a água era tão negra que parecia espessa e pesada — um lodo, um petróleo. Era horrível, e não havia nada mais a dizer. Olhávamos para baixo, apoiados no ferro gelado da balaustrada, fixando as grandes veias da correnteza e o negro sem fundo.

Se havia uma força que podia levar alguém a pular, não a conhecíamos. Somos cheios de palavras cujos verdadeiros significados não nos ensinaram, e uma delas é a palavra dor. Outra é a palavra morte. Não sabemos o que designam, mas as usamos, e isso é um mistério. Acontece-nos também com palavras menos solenes. Certa vez Bobby me disse que quando era mais novo, e tinha catorze anos, foi por acaso a uma reunião na paróquia dedicada ao tema da masturbação, e o curioso era que na realidade ele, naquela época, não conhecia o significado da palavra masturbação — a verdade é que não sabia o que era. Mas tinha ido, e, aliás, dera sua opinião e discutira animadamente, isso ele lembrava. Disse que, pensando bem, não estava certo de que *os outros* soubessem do que estavam falando. Talvez o único ali que realmente batia punheta fosse o padre, disse. Depois, enquanto me contava essa história, deve ter ficado na dúvida e, então, acrescentou: sabe do que estou falando, não é?

Sim, eu sei. Masturbação, sei o que é.

Bem, eu não sabia, ele disse. Lembrava-me de certas noites em que me esfregava contra o travesseiro, à noite, porque não conseguia dormir. Enfiava-o entre as pernas e me esfregava. Só isso. E fiz uma discussão sobre aquilo, dá para acreditar?

Mas somos assim, usamos um montão de palavras cujos significados não conhecemos, e uma delas é a palavra dor. Outra é a palavra morte. Por isso não nos foi possível ter os olhos de Andre e olhar a água negra, da ponte, como ela tinha visto. Que, ao contrário, vem de um mundo sem cautelas, no qual a aventura humana não corre ao abrigo da normalidade, mas derrapa bastante, até tocar de leve toda palavra distante, por mais aguçada que seja — e primeira entre todas aquela que diz a morte. Em suas famílias morrem frequentemente sem esperar a velhice, como impacientes, e o hábito com a palavra morte é tamanho que não é incomum que no seu passado recente se enumere a ocorrência com um tio, uma irmã, um primo que foi assassinado — ou que *tenha* assassinado. Nós morremos, de vez em quando; eles são assassinos ou assassinados. Se tento explicar a brecha de casta que nos separa deles, nada pode ser mais exato que remontar àquilo que os torna irremediavelmente diversos e, aparentemente, superiores — ter à disposição destinos trágicos. Ao passo que nós, ao contrário — seria correto dizer que não podemos nos dar ao luxo do trágico, talvez nem sequer do destino —, nossos pais e nossas mães diriam que *não podemos nos dar ao luxo*. De modo que temos tias em cadeiras de rodas pela ocorrência de derrames — babam educadamente e assistem à televisão. Entretanto, nas famílias deles, avós em ternos de alfaiataria pendem trágicos das traves às quais se enforcaram por causa de derrocadas financeiras. Assim como pode acontecer que tenham encontrado o primo com a cabeça rasgada por um golpe bem acertado, desferido de cima para baixo, na moldura de um apartamento florentino — arma do crime, uma estatueta helenista representando A temperança. Nós, ao contrário, temos avós que vivem eternamente: vão todos os domingos, incluído o último antes de morrerem, na mesma doceria, no mesmo horário, para comprar os mesmos doces. Dispomos de destinos comedidos, como em consequência de um misterioso preceito de economia doméstica. Assim, excluídos do trágico, recebemos como herança a bijuteria do drama — junto com o ouro puríssimo da fantasia.

Isso sempre nos tornará menores, desprovidos — e inexpugnáveis.

Mas Andre vem dali, e quando olhou a água escura viu passar um rio do qual desde pequena tinha aprendido as nascentes. Como começamos a perceber, uma inteira rede de mortos teceu a dela, e na dela se prolonga a trama de uma única morte, gerada pelo tear dos seus privilégios. Assim tinha superado o parapeito de ferro, quando nós mal conseguíamos nos debruçar um pouco, sobre a lama negra. Tinha se deixado cair. O tapa do frio ela há de ter sentido, depois o afundar lento.

Então fomos à ponte, e aquilo nos assustou. Ao voltar para casa, de bicicleta, pensávamos que era tarde, e acelerávamos os pedais. Não trocávamos uma palavra. Bobby fez a curva para sua casa, depois foi a vez do Santo. Ficamos Luca e eu. Pedalávamos um ao lado do outro, mas ainda mudos.

Eu já disse, de todos, ele é meu melhor amigo. Podemos nos entender com um gesto, às vezes basta um sorriso. Antes que chegassem as garotas, passamos juntos todas as tardes da nossa vida — ou pelo menos assim nos parece. Sei quando está para ir embora, e por vezes poderia dizer, um instante antes, quando ele vai começar a falar. Poderia encontrá-lo no meio de uma multidão, na primeira olhada, só por seu jeito de andar — pelas costas. Pareço maior que ele, todos parecem, porque nele restou muito da criança, nos ossos pequenos, na pele alva, nos traços do rosto, delicados e belíssimos. Como as mãos, e o pescoço delgado — as pernas secas. Mas ele não sabe, nós mal sabemos — como eu disse, a beleza física é algo para o qual não ligamos. Não é necessária à edificação do Reino. Assim, Luca a carrega consigo, sem usá-la — um encontro adiado. Para a maioria ele parece um tipo distante, e as garotas adoram aquela distância, que chamam de tristeza. Mas, como todo mundo, ele gostaria simplesmente de ser feliz.

Há uns dois anos, tínhamos quinze, estávamos na minha casa, numa daquelas tardes, deitados na cama lendo umas revistas de Fórmula 1 — estávamos no meu quarto. Bem junto da cama havia uma janela, e estava aberta — dava para o jardim. E no jardim estavam meus pais: falavam, era domingo. Nós não estávamos escutando, estávamos lendo, mas a certa altura começamos a escutar, porque meus pais tinham começado a falar da mãe de Luca. Não tinham percebido que ele estava lá, evidentemente, e estavam falando da sua mãe. Estavam dizendo que era uma mulher formidável e que era uma pena ela ter tido tanta falta de sorte. Disseram algo sobre o fato de Deus ter lhe reservado uma cruz terrível. Eu olhei para Luca, ele sorria e me fez um sinal, para dizer que ficasse parado e não fizesse barulho. Parecia estar se divertindo com a coisa. Então, ficamos escutando. Lá fora, no jardim, minha mãe estava dizendo que devia ser terrível viver ao lado de um marido tão doente, devia ser uma solidão dilacerante. Depois perguntou ao meu pai se ele sabia como andava o tratamento. Meu pai disse que tinham tentado de tudo, mas a verdade é que nunca se sai definitivamente daquele tipo de situação. Só resta esperar, disse, que não resolva se matar, mais cedo ou mais tarde. Falava do pai de Luca. Eu começava a ficar envergonhado pelo que estavam dizendo, tornei a olhar para Luca, ele me fez um sinal como a dizer que não estava entendendo nada, que não sabia do que estavam falando. Pôs a mão na minha perna, queria que eu não me mexesse, que não fizesse barulho. Queria ouvir. Lá fora, no jardim, meu pai falava de uma coisa chamada depressão, que evidentemente era uma doença, porque tinha a ver com remédios e médicos. A certa altura disse Deve ser horrível, para a mulher e também para o filho. Coitadinhos, disse minha mãe. Calou-se um pouco e depois repetiu Coitadinhos, querendo dizer que Luca e sua mãe eram coitados pois tinham que viver ao lado daquele homem doente. Disse que só se podia rezar, e que faria isso. Depois meu pai se levantou, e os dois se levantaram e entraram em casa. Nós baixamos instintivamente os olhos para as revistas de Fórmula 1, com medo que a porta do quarto se abrisse. Mas não aconteceu.

Ouvimos os passos dos meus pais pelo corredor, iam para a sala. Ficamos ali, imóveis, o coração batendo forte.

Era melhor ir embora dali, e não acabou muito bem. Quando já estávamos no jardim, minha mãe saiu para me perguntar quando eu achava que ia voltar e, assim, se deu conta de Luca. Disse então seu nome, como numa espécie de cumprimento, mas aceso por uma surpresa temerosa — sem conseguir acrescentar mais nada, como ao contrário teria feito em outro dia qualquer. Luca se voltou para ela e disse Boa tarde, senhora. Falou com educação, no tom mais normal que existe. Somos muito bons para fingir. Fomos embora e minha mãe ainda estava ali, à soleira, imóvel, uma revista na mão, o dedo indicador marcando a página.

Ao caminhar, um ao lado do outro, por certo tempo não dissemos nada. Entrincheirados em nossos pensamentos, os dois. Quando tivemos que atravessar uma rua, então ergui os olhos e, enquanto olhava os carros chegando, também olhei para Luca, por um instante. Estava com os olhos vermelhos, cabisbaixo.

O fato é que nunca me ocorrera que o pai dele fosse *doente* — e a verdade, por mais estranha, é que tampouco Luca alguma vez pensara em algo assim: isso dá uma ideia de como somos. Temos uma confiança cega em nossos pais, o que vemos em casa é o correto e equilibrado andamento das coisas, o protocolo daquilo que consideramos uma sanidade mental. *Adoramos* nossos pais por isso — eles nos mantêm protegidos de qualquer anomalia. Assim, não existe a hipótese de que eles, em primeiro lugar, possam ser uma anomalia — *uma doença*. Não existem mães doentes, apenas cansadas. Os pais nunca falham, estão nervosos, às vezes. Certa infelicidade, que preferimos não registrar, assume de vez em quando a forma de patologias que teriam nomes, mas em família não os pronunciamos. O uso de médicos desagrada, e, se necessário, é redimensionado pela escolha de médicos amigos, que frequentam a casa, pouco mais que confidentes. Onde seria preciso a intervenção de um psiquiatra, prefere-se a benévola amizade de médicos que conhecemos há uma vida — igualmente infelizes.

Para nós, isso parece normal.

Assim, sem saber, herdamos a incapacidade para a tragédia e a predestinação para a forma menor do drama: porque nas nossas casas não se aceita a realidade do mal, e isso adia ao infinito qualquer desdobramento trágico, deflagrando a longa onda de um drama comedido e permanente — o pântano em que crescemos. É um habitat absurdo, feito de dor reprimida e censuras diárias. Mas nós não podemos perceber o quanto é absurdo, porque, como répteis de pântano, conhecemos apenas aquele mundo, e o pântano para nós é a normalidade. Por isso somos aptos a metabolizar doses inacreditáveis de infelicidade, tomando-as pelo curso devido das coisas: nem sequer desconfiamos que escondem feridas a ser curadas e fraturas a recompor. Da mesma maneira ignoramos o que é o escândalo, pois aceitamos instintivamente cada eventual desvio revelado por quem está à nossa volta como uma integração apenas inesperada ao protocolo da normalidade. Assim, por exemplo, na escuridão dos cinemas paroquiais, sentimos a mão do padre se apoiar no interior das nossas coxas, sem sentir raiva, mas procurando deduzir depressa que evidentemente as coisas eram assim, os padres apoiavam a mão ali — nem era o caso de comentar em casa. Tínhamos doze, treze anos. Não tirávamos a mão do padre. Tomávamos a eucaristia da mesma mão, no domingo seguinte. Éramos capazes de fazer isso, ainda somos — por que não deveríamos ser capazes de confundir a depressão com uma forma de elegância, e a infelicidade com uma coloração apropriada da vida? O pai de Luca nunca vai ao estádio, porque não suporta ficar no meio de muita gente: é algo que sabemos e que interpretamos como uma forma de distinção. Estamos acostumados a considerá-lo vagamente aristocrático, por seu jeito de ficar em silêncio, mesmo quando vamos ao parque. Anda lentamente e ri aos rasgos, como uma concessão. Não dirige. Que nos recordemos, nunca levantou a voz. Parecem-nos, todas, manifestações de dignidade superior. Nem nos deixa em alerta o fato de que a seu redor todos tenham uma alegria peculiar — a palavra exata seria *forçada*, mas ela nunca nos ocorre, de modo que é uma alegria *peculiar*, que interpretamos como uma forma de respeito — é, de fato, funcionário do Ministério. Em suma, nós o consideramos um pai como os outros, só mais ilegível, talvez — estrangeiro.

    Mas Luca, à noite, senta-se ao lado dele, no sofá, diante da televisão. O pai apoia a mão sobre seu joelho. Não diz nada. Não dizem nada. De vez em quando o pai aperta com força a mão no joelho do filho.

    O que quer dizer que é uma doença?, perguntou-me Luca aquele dia, continuando a andar.

    Não sei, não tenho a mínima ideia, disse. Era verdade.

    Pareceu-nos inútil continuar a falar sobre aquilo, e por muito, muito tempo não falamos mais. Até aquela noite em que estávamos voltando da ponte de Andre e tínhamos ficado a sós. Diante da minha casa, as bicicletas paradas, um pé no chão e outro no pedal. Meus pais me esperavam, sempre jantamos às sete e meia, não sei por quê. Tinha que ir, mas se via que Luca queria dizer alguma coisa. Deslocou o peso sobre a outra perna, inclinando um pouco a bicicleta. Depois disse que, apoiado no parapeito da ponte, tinha entendido uma lembrança — tinha se lembrado de alguma coisa e tinha entendido. Esperou um pouco para ver se eu tinha que entrar. Eu fiquei ali. Na minha casa, disse, comemos quase em silêncio. Na sua casa é diferente, e também na de Bobby e na do Santo, mas na nossa casa comemos em silêncio. Você pode escutar todos os barulhos, o garfo sobre o prato, a água no copo. Meu pai, especialmente, fica em silêncio. Sempre foi assim. Então me lembrei de quantas vezes meu pai — lembrei-me de que ele muitas vezes se levanta, a certa altura, ele muitas vezes se levanta, sem dizer nada, quando ainda não terminamos, ele se levanta, abre a porta que dá para a sacada e sai para a sacada, encosta a porta e então se apoia no parapeito e fica ali. Por anos o vi fazer isso. Minha mãe e eu, então, aproveitamos — dizemos coisas, mamãe brinca, levanta-se para arrumar um prato, uma garrafa, pergunta-me alguma coisa, assim. Pelo vidro da janela vemos meu pai, lá fora, de costas, um pouco curvado, encostado no parapeito. Durante anos nunca pensei nisso, mas hoje à tarde, na ponte, ocorreu-me o que ele vai fazer ali. Eu acho que meu pai vai ali para se jogar. Depois não tem coragem de fazê-lo, mas toda vez se levanta e vai lá com essa ideia.

    Ergueu os olhos, porque queria me olhar.
    É como Andre, ele disse.

Assim, Luca foi o primeiro de nós a transpor a fronteira. Não foi de propósito — não é um garoto inquieto ou coisa parecida. Viu-se diante de uma janela aberta enquanto adultos falavam sem cautela. E, de longe, aprendeu a morte de Andre. São duas indiscrições que romperam sua pátria — nossa pátria. Pela primeira vez um de nós se aventurou para além das fronteiras herdadas, desconfiando que não existem fronteiras, na realidade, nem uma sede, nossa, comprometida. Com passos tímidos, pôs-se a caminhar numa terra de ninguém, onde as palavras dor e morte têm um significado preciso — ditadas por Andre e escritas em nossa língua com a grafia dos nossos pais. Daquela terra nos olha, esperando que o sigamos.

Já que Andre não tem solução, na sua família mencionam com frequência a avó, que agora já morreu. Atualmente os vermes a comem, conforme a versão deles sobre os destinos humanos. Nós sabemos que, ao contrário, está à espera do Dia do Juízo e do fim dos tempos. A avó era uma artista — pode ser encontrada nas enciclopédias. Nada de especial, mas com dezesseis anos tinha cruzado o oceano com um grande escritor inglês, ele ditava e ela escrevia à máquina, uma Remington portátil. Cartas, ou então trechos de livros, contos. Nos Estados Unidos tinha descoberto a fotografia, agora nas enciclopédias consta como fotógrafa. Fotografava preferivelmente desvalidos e pontes de ferro. Eram boas fotos, em branco e preto. Tinha sangue húngaro e espanhol nas veias, mas depois se casou na Suíça com o avô de Andre — tornando-se assim riquíssima. Nós nunca a vimos. Era conhecida por sua beleza. Andre se parece com ela, dizem. Até no temperamento.

A certa altura a avó parou de fotografar — dedicou-se a manter unida a família, da qual se tornou a déspota refinada. Quem sofreu por isso foi seu filho, seu único filho, e a mulher com quem ele se casou, uma modelo, italiana: os pais de Andre. Eram jovens e inseguross, assim a avó os despedaçava regularmente, porque era velha e de uma força inexplicável. Vivia com eles e comia à cabeceira da mesa — um criado lhe mostrava as travessas, pronunciando os nomes dos pratos em francês. Isso até ela morrer. O avô partira anos antes, é preciso dizer, para completar o quadro. Tinha morrido, para sermos exatos.

Antes de Andre, os pais dela tinham tido gêmeos. Um menino e uma menina. Para a avó aquilo pareceu uma circunstância bastante vulgar — tinha plena convicção de que ter gêmeos fosse coisa típica de pobres. Implicava especialmente com a menina, que se chamava Lucia. Não entendia sua utilidade. Três anos mais tarde, a mãe de Andre engravidou dela. A avó disse que obviamente tinha que abortar. Apesar disso ela não abortou. Eis o que aconteceu depois, precisamente.

O dia em que Andre saiu do ventre da mãe era um dia de abril — o pai estava viajando, os gêmeos em casa, com a avó. Telefonaram da clínica, para dizer que a senhora já estava na sala de parto, a avó disse Está bem. Verificou se os gêmeos tinham comido, então se sentou à mesa e almoçou. Depois do café, dispensou a babá espanhola por umas duas horas e levou os gêmeos para o jardim, havia sol, era um belo dia de primavera. Sentou-se numa espreguiçadeira e adormeceu, porque costumava fazê-lo depois do almoço e não lhe pareceu oportuno mudar o que quer que fosse. Ou aconteceu, simplesmente — de que ela adormecesse. Os gêmeos estavam brincando na grama. Havia, no jardim, uma fonte, com um tanque de pedra com peixes vermelhos e amarelos. No centro, um jato de água. Os gêmeos se aproximaram para brincar. Jogavam no tanque coisas que encontravam no jardim. Lucia, a menina, a certa altura achou que seria bom tocar a água com as mãos, e depois com os pés, e brincar lá dentro. Tinha três anos, de modo que a coisa não era fácil, todavia ela conseguiu, apertando os pés contra a pedra e empurrando a cabeça além da borda. O irmão às vezes olhava para ela, às vezes ia apanhar coisas na grama. A menina por fim escorregou na água, fazendo um barulho ligeiro, como de um pequeno animal anfíbio — uma criatura redonda. O tanque era raso, trinta centímetros apenas, mas a menina se assustou com a água, talvez tenha batido contra a pedra do fundo, e isso deve ter ofuscado o instinto que certamente a teria salvado, de maneira simples e natural. Assim, respirou a água escura e, quando buscou o ar necessário para chorar, não o encontrou mais. Voltou-se um pouco, com afã, fazendo força com os pés e batendo as mãos na água, que porém eram mãos pequenas, e o barulho foi como de prata fina. Depois ficou imóvel, entre os peixes amarelos e vermelhos, que não entendiam. O irmão se aproximou para olhar. Naquele momento Andre saiu do ventre da sua mãe, e foi na dor, como está escrito no livro em que cremos.

Nós sabemos disso porque é uma história conhecida — no mundo de Andre não há pudor e vergonha. É assim que transmitem sua superioridade e frisam seu privilégio trágico. Isso os predispõe a aumentar as coisas e cair inevitavelmente na lenda — e, com efeito, dessa história existem inúmeras variantes. Alguns afirmam que a babá espanhola foi quem dormiu, mas também se diz que a menina já estava morta quando foi posta na água. O papel da avó se mostra sempre bastante ambíguo, mas é preciso considerar a tendência a apoiar qualquer narrativa sobre a convicção de um personagem malvado — como ela, em certos aspectos, evidentemente era. Também a história da viagem do pai a muitos pareceu suspeita, apócrifa. Todavia, a respeito de um detalhe todos concordam, ou seja, sobre o fato de que os pulmões de Andre deram o primeiro respiro no mesmo instante em que os da sua irmãzinha perderam o último, como por uma dinâmica natural de vasos comunicantes — como por uma lei de conservação da energia aplicada em escala familiar. Eram duas meninas, e tinham permutado a vida.

 A mãe de Andre soube do acontecido assim que saiu da sala de parto. Depois lhe levaram Andre, que estava dormindo. Apertou-a contra o peito, e soube com certeza que a operação mental a que tinha sido chamada era superior a suas forças — àquelas de qualquer um. Assim, aquilo a feriu para sempre.

 Quando, anos depois, a avó morreu, houve um funeral bastante espetacular, com certa participação de todo canto do mundo. A mãe de Andre foi para lá com um vestido vermelho, que muitos lembram ser curto e justo.

 Muitas vezes o pai de Andre, ainda hoje, por maldade ou distração, chama Andre pelo nome da irmãzinha morta — chama-a Lucy, que era o jeito de ele chamar aquela sua criança quando a pegava no colo.

Andre se jogou da ponte catorze anos depois da morte da irmãzinha. Não fez aquilo no dia do seu aniversário, fez num dia qualquer. Mas respirou a água escura e, em certo sentido, aquela era a segunda vez.

Somos quatro, porque tocamos juntos e temos uma banda. O Santo, Bobby, Luca e eu. Tocamos na igreja. Somos estrelas, em nosso ambiente. Há um padre famoso por seus sermões, e nós tocamos na sua missa. A igreja está sempre abarrotada — vem gente de outros bairros para nos ouvir. Fazemos missas que duram até uma hora, mas está bem assim, para todos.

Naturalmente nos perguntamos se somos realmente bons, mas não há como saber, porque tocamos aquele tipo de música, um gênero muito peculiar. Em algum lugar, nos escritórios de editoras católicas famosas, alguém compõe essas canções e nós as cantamos. Nenhuma dessas canções, fora dali, teria a menor possibilidade de ser uma bela música — se fosse cantada por um cantor-compositor qualquer, as pessoas se perguntariam o que houve com ele. Não é rock, não é música beat, não é folk, não é nada. É como os altares feitos com as mós dos moinhos, as vestes de saco, os cálices de barro, as igrejas de tijolos vermelhos: a mesma Igreja que outrora encomendava afrescos a Rubens e cúpulas a Borromini, agora se aflige numa estética evangélica vagamente sueca — às raias do protestantismo. É algo que nada tem a ver com a beleza verdadeira, tanto quanto um banco de carvalho ou um arado bem-conformado. Não tem relação com a beleza que, entrementes, os homens estão criando fora dali. E isso vale também para nossa música — é bonita só ali, lá dentro é *correta*. Não restaria nada dela se fosse lançada ao mundo lá fora.

Todavia, é possível que nós sejamos de fato bons — não dá para excluir isso. É sobretudo Bobby que insiste, dizendo que deveríamos tentar tocar músicas nossas, e fora de uma igreja. O teatro da paróquia seria ótimo, ele diz. Na realidade ele sabe que não seria ótimo coisa nenhuma — nós deveríamos tocar em lugares cheios de fumaça, onde as pessoas quebram as coisas e as garotas dançam deixando que os peitos resvalem para fora da roupa. E lá nos arrebentariam. Ou mostrariam uma raiva descontrolada — vai saber.

Para demover um pouco a situação, Bobby se lembrou de Andre.

Andre dança — todas dançam, naquele mundo dela —, as garotas dançam. Balé moderno, não aquelas coisas nas pontas das sapatilhas. Fazem espetáculos, apresentações, de vez em quando e, já que nossas garotas às vezes dançam, nós vamos assistir. Então, vimos Andre dançar. Em certo sentido ali é como na igreja, ou seja, é uma comunidade separada do mundo, pais e avós, é claro, aplaudem muito. Não há nenhuma relação com a beleza verdadeira, nem ali. Só que, de vez em quando, há alguma garota que está lá em cima como se produzisse uma força, como se descolasse o corpo da terra. Até nós, que não entendemos nada de dança, percebemos. Às vezes é uma garota até feia, com um corpo feio — a beleza do corpo não parece ter importância. A presença é o que conta.

Bobby pensou em Andre, porque dança daquele jeito. Dança, mas não canta. Quem sabe, talvez cante e nós não saibamos. Talvez cante muito mal. Toupoucomelixando, viu a presença dela lá em cima?

Tergiversamos, mas a verdade é que ela está além da fronteira, como ninguém mais da nossa idade, e nós sabemos que, se houver uma música nossa, então teremos que buscá-la além da fronteira — e gostaríamos imensamente que fosse ela a nos levar para lá. Mas nunca admitiríamos, isso é tácito.

Assim, Bobby ligou para ela — na terceira tentativa a encontrou. Apresentou-se com nome e sobrenome, mas aquilo não lhe recordou nada. Então ele acrescentou alguns comentários, tipo onde ficava a loja do seu pai, e que ele era ruivo. Ela lembrou. Queríamos perguntar se você cantaria conosco, nós temos uma banda. Andre disse alguma coisa, dava para entender porque Bobby estava em silêncio. Não, para dizer a verdade até agora só tocamos na igreja. Silêncio. Durante a missa, sim. Silêncio. Não, você não teria que cantar na missa, a ideia é ser uma banda de verdade e ir tocar nos lugares. Silêncio. Não, não música de igreja, músicas compostas por nós. Silêncio.

Nós três estávamos em volta de Bobby, e ele fazia o tempo todo sinais para que o deixássemos em paz, que o deixássemos resolver. A certa altura começou também a rir, mas era um riso um pouco forçado. Falou mais um pouco, depois se despediram — Bobby desligou.

Ela disse que não — falou. Não ficou explicando.

Ficamos desapontados, claro, mas também carregamos

conosco certa euforia, como alguém que tivesse conseguido alguma coisa. Não nos escapava que tínhamos falado com ela. Agora ela sabia que nós existíamos.

Assim, estávamos de bom humor quando chegamos à casa de Luca. Tinha sido ideia minha. Nunca vamos à casa dele, não parece que seus pais gostem de receber visitas, o pai odeia bagunça — mas, talvez, ir até lá significasse alguma coisa, para Luca e para sua mãe. Por fim, ficamos até que nos convidassem para jantar. Em geral eles comem na cozinha, em uma mesa estreita e comprida que nem é uma mesa, mas um aparador: assim ficam ali os três, um ao lado do outro, com uma parede em frente. Branca. Mas para a ocasião a mãe tinha posto a mesa da sala, que em nossas casas é um cômodo que não existe: são guardadas para rompantes especiais da vida, sem excluir os velórios, aliás. De qualquer modo, foi ali que comemos. O pai de Luca nos recebeu com uma alegria *verdadeira*, e quando se sentou à cabeceira, mostrando nossos lugares, tinha o ar de um homem incondicional, certo da sua primazia de pai — como se fosse o pai de todos nós, aquela noite. Mas, quando a sopa estava nos pratos e ele já apertava a colher entre os dedos, o Santo, por sua vez, juntou as mãos diante de si e começou a dizer palavras de agradecimento — cabisbaixo. Disse-as em voz alta. São belas palavras. Dignai-vos, Senhor, a abençoar a comida que vossa bondade nos doou e aqueles que a prepararam. Faze com que a tomemos com alegria e simplicidade de coração e ajudai-nos a doar um pouco àqueles que não a possuem. Amém. O Santo tem uma voz bonita, e traços antigos — uma barba fininha, é o único entre nós. No rosto magro, já ascético. Como sabemos, ele tem uma força dura, quando reza — adulta. Assim, o pai de Luca deve ter tido a impressão de que alguém tomara seu lugar — de pai. Ou lhe pareceu que não soubera fazer o que queríamos dele — e que um rapazola com cara de místico o socorrera. Então, desapareceu. Não se ouviu mais sua voz, durante todo o jantar. Acabava os pratos. Deglutia. Não riu uma só vez.

Ao final todos nos levantamos para tirar a mesa. É algo que sempre fazemos, como bons garotos, mas eu fiz aquilo sobretudo para poder ir à cozinha e olhar aquela sacada de que Luca tinha me falado. De fato se via o parapeito e não era difícil imaginar as costas do seu pai inclinadas para a frente, os cotovelos apoiados, o olhar no vazio.

Quando saímos, não tivemos a impressão de que tudo correra tão bem. Mas eu era o único a saber, o Bobby e o Santo ainda não tinham falado sobre aquilo com Luca. Assim, dissemos apenas que aquele homem era estranho. Tudo era estranho naquela casa. Pensamos em não voltar mais lá.

Que Andre saiba de mim — que existo —, eu tive certeza uma tarde em que estava num sofá, com minha namorada, debaixo de uma manta vermelha. Ela estava me tocando, é nosso jeito de fazer sexo. Em geral, nossas namoradas creem no Deus dos Evangelhos assim como nós, e isso significa que chegarão virgens ao casamento — apesar de os Evangelhos não mencionarem nenhum procedimento desse tipo. Assim, nosso jeito de fazer sexo é passar horas nos tocando, enquanto conversamos. Nunca gozamos. Quase nunca. Nós homens tocamos toda a pele que podemos e, de vez em quando, enfiamos as mãos sob as saias delas, mas nem sempre. Elas, no entanto, tocam logo nosso sexo, pois somos nós que abrimos as calças e, às vezes, as tiramos. Isso acontece em casas em que os pais, irmãos, irmãs estão do outro lado, atrás da porta, e qualquer um pode entrar de uma hora para outra. Portanto fazemos tudo numa precariedade permeada de perigo. Frequentemente não há nada mais que uma porta entreaberta entre o pecado e o castigo, e isso faz com que o prazer de se tocar e o medo de ser descobertos, assim como o desejo e o remorso, aconteçam simultaneamente, ligados numa única emoção que nós chamamos, com precisão esplêndida, sexo: conhecemos cada matiz e apreciamos sua reluzente origem no complexo de culpa, do qual é uma variante entre tantas outras. Se alguém pensar que é um modo infantil de ver as coisas, não entendeu nada. O sexo é pecado: pensá-lo como algo inocente é uma simplificação a que só os infelizes se entregam.

    Contudo, naquele dia a casa estava vazia, assim estávamos fazendo tudo com certa tranquilidade, quase que entediados. Quando a campainha da porta tocou, minha namorada abaixou o pulôver e disse É Andre, veio buscar uma coisa — enquanto se levantava e ia abrir a porta. Parecia saber o que iria acontecer. Eu fiquei no sofá, debaixo da manta. Só tornei a vestir a cueca — os jeans estavam no chão, não queria ser apanhado enquanto os vestia. As duas entraram na sala, conversando: minha namorada tornou a se meter sob a manta e Andre sentou-se numa cadeirinha para crianças, de madeira e palha, que estava ali: sentou-se com aquele seu jeito perfeito de fazer as coisas insignificantes, como se sentar numa cadeira de criança de madeira e palha quando havia cadeiras normais por todo lado, na sala, e até no sofá onde estávamos havia lugar, era demais. Ao sentar-se me disse Oi, com um sorriso, sem apresentações ou coisa assim. O que era sublime é que não se importava nem um pouco com os jeans no chão, com a manta, e com aquilo que, evidentemente, estávamos fazendo nós dois ali embaixo, quando ela tinha chegado. Simplesmente começou a conversar, a poucos metros das minhas pernas nuas, com uma tranquilidade que parecia um veredicto — o que quer que fizéssemos debaixo da manta era normal. Era a primeira vez que alguém me perdoava tão rapidamente — com aquela leveza, aquele sorriso.

Falavam de um espetáculo delas, minha namorada dançava com ela, tinham um espetáculo para montar. Faltavam algumas luzes, pelo que eu entendi, algumas luzes e uma passadeira de pano cinza, com doze metros de comprimento sem costuras. Eu estava ali, mas não tinha nada a ver com aquilo e elas nunca se dirigiam a mim. Teria até me levantado, dado uma volta em outro lugar, mas estava de cueca. A certa altura, conversando, minha namorada começou a acariciar minha coxa, sempre debaixo da manta, lentamente, um gesto limpo, não exatamente um carinho, era como um gesto inconsciente que tentasse manter alguma coisa acesa, entre um antes e um depois. Era difícil entender se havia malícia, mas de qualquer modo estava mesmo me tocando, e eu tive um pensamento bom a seu respeito. Realmente chegarão virgens ao casamento, nossas namoradas, mas isso não quer dizer que tenham medo, elas não têm. Acariciava-me e Andre estava ali. De vez em quando, mas não dava para entender se por acaso, chegava a tocar no meu sexo, preso dentro das cuecas. Fazia aquilo enquanto continuava a falar de pano e de costuras, sem mudar minimamente o tom de voz, nada. Tocava meu sexo duro, como se não fosse nada. Pensei que realmente tinha que contar aquilo para Bobby, não via a hora de contar a ele. Estava pensando em que palavras usar, quando Andre se levantou: disse que agora precisava ir e então perguntaria sobre o pano no teatro, e quanto às luzes pensaria em alguma coisa. Parecia que tinham resolvido o assunto. O telefone tocou, minha namorada foi atender, era a mãe dela. Olhou para o alto, depois tapou o bocal do telefone e disse Minha mãe... Andre então sussurrou que conversasse tranquilamente, pois ela estava de saída. Despediram-se e minha namorada me fez um sinal com a cabeça, sem parar de falar com a mãe — queria que eu acompanhasse Andre e fosse fechar a porta. Eu tirei a manta de cima de mim, levantei-me do sofá e segui Andre na outra sala e depois ao longo do corredor. Quando chegou diante da porta, ela parou e se voltou para mim, esperando-me. Eu dei ainda alguns passos: nunca tinha ficado tão perto de Andre na minha vida, tampouco tinha ficado alguma vez a sós com ela, num espaço em que estivéssemos apenas os dois. Era um espaço ainda menor do que era, porque eu estava de cueca, e dava para ver meu sexo de longe. Ela sorriu para mim, abriu a porta e foi saindo. Mas depois se voltou, e vi nela uma expressão que um instante atrás não tinha — os olhos arregalados.

 A primeira frase que Andre já me disse foi Ei, você teria algum dinheiro?

Sim, um pouco.

Empresta para mim?

Voltei à sala, para olhar no bolso dos jeans. Minha namorada ainda estava no telefone, fiz um sinal para dizer que estava tudo bem. Apanhei o dinheiro, não era grande coisa.

Não é grande coisa, disse a Andre enquanto lhe passava quinze mil liras, ali, diante da porta aberta, com a luz de neón do patamar que se misturava àquela incandescente da entrada. Em nossos patamares muitas vezes há plantas espinhosas que nunca veem o sol, e todavia vivem, e são mantidas ali com duas finalidades, a primeira é enobrecer o patamar. A segunda é testemunhar uma obstinação totalmente peculiar da vida, um heroísmo silencioso do qual deveríamos aprender alguma coisa a cada vez que saímos de casa. Ninguém nunca as rega, aparentemente.

Você é gentil, disse-me Andre. Vou te devolver.

Roçou minha face com um beijo. Para fazer isso teve que se aproximar um pouco, e sua bolsa fez pressão na minha cueca, estava bem naquela altura.

Depois foi embora. Ela estava com uma espécie de febre, naquele momento.

A primeira vez que vi Bobby contei-lhe tudo, exagerando um pouco aquela história da carícia sob a manta, acabou saindo que ela tinha até mesmo me tocado uma punheta. Ele então disse que com certeza as duas tinham armado, estava tudo combinado, era um daqueles jogos que Andre fazia, era inacreditável que minha namorada tivesse aceitado, você não deveria subestimar aquela garota, disse. Eu sabia que a coisa não tinha sido bem assim, mas isso não

me impediu, por um tempo, de andar por aí como alguém que tinha uma namorada capaz de imaginar histórias daquele gênero, e de organizá-las. Durou um bom tempo, depois passou. Mas durante aquele tempo fui diferente, com ela — e ela diferente comigo. Até que a certa altura nos assustamos — tudo voltou ao normal.
Assim Andre passa, às vezes.

Por outro lado, se quisermos realmente falar do Santo, a mãe dele meteu na cabeça que tinha que falar conosco, os amigos do seu filho, e então organizou direitinho a coisa, ela realmente organizou — queria falar conosco um dia em que o Santo não estava. Bobby conseguiu escapulir, mas eu não, nem Luca — fomos parar ali, sozinhos, com aquela mãe.
É uma senhora redonda, que se cuida, nunca a vimos sem maquiagem ou com sapatos inadequados. Mesmo ali, na sua casa, estava toda arrumada, resplandecente, embora de maneira doméstica, inofensiva. Queria falar do Santo. Enrolou um pouco, mas depois nos perguntou como sabíamos daquela história de padre — que seu filho pensava em se tornar padre, quando fosse mais velho, ou quem sabe imediatamente. Perguntou com alegria, para que compreendêssemos que só queria saber algo mais, não tínhamos que tomá-la como uma pergunta perigosa. Eu disse que não sabia. Luca disse que não tinha ideia. Então, ela esperou um pouco. Depois retomou com uma voz diferente, mais assertiva, pondo as coisas no lugar, agora finalmente era um adulto que falava com dois garotos. Vimo-nos obrigados a dizer o que sabíamos.

O Santo tem um maldito jeito de levar a sério qualquer coisa.

Ela fez sinal que sim com a cabeça.

Às vezes é difícil entendê-lo, e ele nunca se explica, não gosta de se explicar, disse Luca.

Nunca conversam sobre isso, entre vocês?

Falar, não falamos.

E então?

Queria saber. Aquela mãe queria que lhe disséssemos que nós rezávamos, mas o Santo ardia na oração e tinha nas pernas um jeito de se ajoelhar como um desabamento, enquanto nós simplesmente mudávamos de posição — ele *caía* de joelhos. Queria saber por que seu filho passava horas com os pobres, doentes e delinquentes, tornando-se um deles, até esquecer a prudência do decoro e o comedimento da caridade. Esperava compreender o que ele fazia aquele tempo todo em que ficava grudado nos livros, e se nós também abaixávamos a cabeça a cada repreensão, e se éramos incapazes de revoltas e de palavras tensas. Precisava entender melhor quem eram todos aqueles padres, as cartas que lhe escreviam, os telefonemas. Queria saber se os outros riam dele, e como as garotas olhavam para ele, se com respeito — a distância entre ele e o mundo. Aquela mulher estava nos perguntando se com nossa idade era possível pensar em doar a própria vida a Deus e a seus sacerdotes.

Se era só isso, podíamos responder.

Sim.

E como podem pensar nisso?

Luca sorriu. É uma pergunta esquisita, disse, porque nada mais parecia importar, à nossa volta, a não ser nos inclinar para aquela loucura, como em direção a uma luz. Que surpresa era descobrir agora quão profundamente as palavras deles haviam penetrado, e que nenhum ensinamento, desde quando éramos crianças, havia sido desconsiderado? Deveria ser uma boa-nova, disse.

Não é para mim, disse aquela mulher. Disse também que tinham nos ensinado o comedimento, aliás, haviam feito isso antes de tudo, sabendo que assim nos entregariam o antídoto para qualquer ensinamento seguinte.

Mas não há medida no amor, disse Luca, de um jeito que quase não parecia ser ele. No amor e na dor, acrescentou.

A mulher olhou para ele. Depois olhou para mim. Deve ter se perguntado se não estariam todos cegos diante do nosso mistério, todo pai e toda mãe, cegados por nossa aparente juventude. Depois perguntou se algum de nós já tinha pensado em se tornar padre.

Não.

E por quê, então?

Quer dizer por que o Santo sim e nós não?

Sim, por que meu filho?

Porque ele quer se salvar, eu disse, e a senhora sabe do quê.

Não queria ter dito aquilo, mas mesmo assim disse, porque aquela mulher tinha nos levado ali para ouvir essa frase precisa e, agora, eu a dissera.

Há outras maneiras de se salvar, ela disse sem se espantar.

Pode ser. Mas aquela é a melhor.

Você acha?

Eu sei, disse. Os padres se salvam, são obrigados a se salvar, cada momento das suas vivências os salva, porque a cada momento não vivem, assim a catástrofe não pode se desencadear.

Que catástrofe?, ela perguntou. Não queria parar.

Aquela que o Santo carrega nele, disse.

Luca me olhou. Queria entender se eu iria parar.

Aquela catástrofe que dá medo, acrescentei, para ter certeza de que ela pudesse entender direito.

A mulher estava me fitando. Procurava descobrir o quanto eu sabia e até que ponto conhecíamos seu filho. Pelo menos tanto quanto ela o conhecia, provavelmente. O lado obscuro do Santo está na superfície dos gestos, nas passagens secretas que cava na luz do sol, sua ruína é transparente, ele a deixa dobrá-lo sem muita discrição, quem quer que esteja a seu lado pode entender que é uma catástrofe, e talvez até mesmo qual.

Vocês sabem para onde ele vai, quando some?, perguntou a mulher, firme.

De vez em quando o Santo some, quanto a isso não há dúvida. Dias e noites, depois volta. Nós sabemos. Sabemos também algo mais, mas isso também é nossa vida, a mulher não tinha nada a ver com aquilo.

Com a cabeça fizemos sinal que não. Uma careta, ainda, para repetir que não, não sabíamos para onde ele ia.

A mulher entendeu. Disse de outra maneira, então.

Vocês não podem ajudá-lo?, sussurrou. Era uma súplica, mais que uma pergunta.

Ficamos com ele, gostamos dele, estará sempre conosco, disse Luca. Não nos dá medo. Não temos medo.

Então, os olhos da mulher se encheram de lágrimas, talvez pela lembrança de como pode ser intransigente o instinto da amizade, e infinito, em nossa idade.

Ninguém disse mais nada, por algum tempo. Poderia ter acabado ali.

Todavia, ela deve ter pensado que não precisava ter medo, se nós não tínhamos.

Assim, enquanto ainda estava chorando, disse, mas baixinho:

É aquela história dos demônios. Foram os padres que a enfiaram na cabeça dele.

Não pensávamos que ela iria tão longe, mas teve a coragem de fazê-lo — porque no abismo das nossas mães, inadvertida, sempre se oculta uma audácia incomparável. Conservam-na adormecida, entre gestos prudentes de uma vida inteira, para poder dispor dela plenamente no dia para o qual suspeitam estar destinadas. Gastarão essa coragem aos pés de uma cruz.

Os demônios o estão tirando de mim, disse.

Em certo sentido era verdade. Em nossa opinião, a história dos demônios de fato é uma história que vem dos padres, mas também há alguma coisa que sempre fez parte do Santo, com a força da origem, e estava ali antes que os padres lhe dessem aquele nome. Nenhum de nós tem aquela sensibilidade para o mal — uma espécie de atração mórbida, amedrontada —, mas por ser amedrontada cada vez mais mórbida, inevitável — como nenhum de nós tem a mesma vocação do Santo para a bondade, o sacrifício, a brandura — que são consequência daquele terror. Talvez não seria necessário incomodar o demônio, mas em nosso mundo toda santidade está estreitamente entrelaçada a um inenarrável hábito com o maligno, como testemunham os Evangelhos no episódio das tentações e como transmitem as vidas, conturbadas, dos místicos. Assim, fala-se em demônios sem a cautela que, antes, se deveria ter ao falar de demônios. E diante de almas claras como as nossas — de garotos. Nisso os padres não têm a menor piedade. Nem cautela.

Eles evisceraram o Santo com aquelas histórias.

O que nós podemos fazer, nós fazemos. Damos leveza ao nosso convívio com ele e o seguimos por toda parte, nas curvas do bem e naquelas do mal — até onde conseguimos, tanto nas primeiras como nas segundas. Não fazemos isso apenas por compaixão amiga, mas também por fascínio verdadeiro, atraídos por aquilo que ele sabe, e cumpre. Discípulos, irmãos. Na luz da sua santidade criança aprendemos coisas, e isso é um privilégio. Quando os demônios aparecem, resistimos com os olhos para o alto, o máximo que conseguimos. Depois o deixamos ir, e esperamos que volte. O terror, nós esquecemos, e somos capazes de dias normais, com ele, depois de qualquer ontem. Nem pensamos tanto naquilo e, se aquela mulher realmente não tivesse nos obrigado, quase nunca pensamos naquilo. Na verdade, eu não deveria sequer ter falado daquilo.

A mulher contou o que acontecia em casa, às vezes, de apavorante, mas nós já não a ouvíamos. Trazia no peito a opressão de tanto sofrimento e agora estava se livrando dele, explicando qual o significado de os demônios estarem tirando o filho dela. Não falava para nós. Só tornamos a escutar quando ouvimos o nome de Andre, arrastado pela

correnteza das palavras — ficamos agastados por uma pergunta que ecoou inutilmente nítida, ali no meio.
Por que meu filho é obcecado por aquela garota?
Não estávamos mais lá.
A mulher entendeu.
No fim, pôs um bolo à mesa, ainda estava morno, e uma garrafa de coca-cola, já aberta. Quis falar de coisas normais e o fez com jeito. Era tão direta, e simples, que Luca pensou em falar da sua família, mas não a verdade — pequenas coisas de família normal, feliz. Talvez pensasse que ela também sabia, e fazia questão de dizer que, na verdade, tudo estava bem. Não sei.
Vocês são bons garotos, disse a certa altura a mãe do Santo.

É claro que vamos para a escola, todos os dias. Mas essa é uma história de degradação aviltante e de humilhações inúteis. Não tem nada a ver com aquilo que queremos chamar de *vida*.

Quando Andre cortou os cabelos daquela maneira, então as outras também cortaram. Curtos na testa e ao redor das orelhas. E o resto longo como antes, igual a um índio norte-americano. Fez tudo sozinha, diante do espelho.
Uma a imitou, depois todas as outras — as meninas próximas. Três, quatro. Um dia, minha namorada.
Movem-se de modo diferente, desde então — mais selvagens. Duras ao falar, quando se lembram, e com um

novo orgulho. Tornou-se visível o que já durava havia algum tempo, invisível, sob o comportamento delas — que todas vivem esperando saber de Andre como fazer as coisas. Sem admitir — chegam até a desprezá-la, às vezes. Mas sucumbem — embora aparentemente por brincadeira.

Até a magreza. Que Andre escolheu, a certa altura, como premissa natural e definitiva. Nem se deu ao trabalho de discutir, está claro que tem que ser assim. Não parece haver médicos em vista capazes de pronunciar a palavra desnutrição — assim os corpos resvalam sem alarme nem preocupação, só surpresa. Comem quando ninguém as observa. Vomitam em segredo. Os gestos que eram absolutamente simples se tornam obscuros, complicando-se como jamais teríamos imaginado e como a juventude não deveria prever.

Todavia, não deriva daí uma tristeza, mas antes uma metamorfose que as torna fortes. Não nos escapa que agora carregam o corpo de um jeito diferente, como se tivessem tomado consciência dele de repente ou dele tivessem se apropriado. Já que se tornaram capazes de reprimi-lo, livram-se dele com uma leveza que beira a negligência. Estão começando a descobrir como se pode entregá-lo ao acaso. Depositá-lo em mãos alheias e depois ir buscá-lo de volta.

Tudo isso vem de Andre, é claro, mas também é preciso dizer que deriva dela de maneira quase imperceptível, porque de fato falam pouquíssimo entre elas, e nunca as vemos andando em grupo ou fisicamente próximas — não são propriamente amigas, ninguém é *amigo* de Andre. É um contágio silencioso, e alimentado pela distância. É um sortilégio. Minha namorada, por exemplo, vê Andre porque dança com ela, mas de resto vive em outro mundo, em latitude diferente. Quando por acaso pronuncia o nome de Andre, ela usa um acento de superioridade, como se conhecesse seu truque ou lamentasse sua sorte.

E mesmo assim.

Ela e eu temos um jogo secreto — escrevemo-nos às escondidas de nós mesmos. Paralelamente ao que dizemos e vivemos juntos, escrevemos um ao outro, como se fôssemos nós dois, mas de uma segunda vez. Não falamos nunca do que escrevemos naquelas cartas — bilhetinhos. É nelas, no entanto, que nos dizemos as coisas verdadeiras. Tecnicamente, usamos um método do qual nos orgulhamos — fui eu quem o inventou. Deixamos bilhetinhos presos numa janela da escola, uma janela aonde ninguém vai. Nós os prendemos entre o vidro e o alumínio. A probabilidade de que alguém mais os leia é muito remota, o bastante para dar um toque de tensão à coisa. Escrevemos em letra de forma, seja lá como for, poderiam ser de qualquer um.

Algum tempo depois da história dos cabelos, encontrei um bilhete que dizia assim.

"Ontem à noite com Andre, depois da aula de dança, fomos para a casa dela, havia outras pessoas. Bebi muito, desculpe, meu amor. A certa altura estava deitada na cama dela. Diga-me se quer que eu continue."

Quero, respondi.

"Andre e um outro levantaram meu pulôver. Ríamos. Eu, de olhos fechados, estava bem, me tocaram e me beijaram. Pouco depois outras mãos de não sei quem tocaram meus peitos, não abri os olhos, era bom. Senti uma mão sob a saia, entre as pernas, então me levantei, não queria. Abri os olhos, havia outros, na cama. Não quis que me tocassem entre as pernas. Eu te amo tanto, meu amor. Perdoe-me, meu amor."

Depois não falamos nisso, nunca. O que se diz na segunda vez, não existe na primeira — do contrário o jogo se rompe para sempre. Mas aquela história ficou na minha cabeça e, assim, certa noite soltei uma frase que havia algum tempo tinha dentro de mim.

Andre se matou um tempo atrás, você sabia?

Ela sabia.

Continuará se matando até quando não tiver terminado, disse-lhe.

Queria falar também da comida, do corpo, do sexo.

Mas ela disse Talvez haja muitas maneiras de morrer, e às vezes me pergunto se nós também não estamos nos matando, sem saber. Ela ao menos sabe.

Nós não estamos morrendo, disse.

Não tenho tanta certeza. Luca está morrendo.

Não é verdade.

E o Santo também.

O que você está dizendo?

Não sei. Desculpe.

Dizia, mas nem ela sabia, era pouco mais que uma intuição, um clarão. É que seguimos em frente à base de flashes, o resto é escuridão. Uma escuridão nítida, cheia de luz, escura.

Nos Evangelhos há um episódio de que gostamos muito, assim como seu nome, Emaús. Alguns dias depois da morte de Cristo, dois homens caminham pela estrada que leva à aldeia de Emaús, discutindo sobre o que aconteceu no Calvário e sobre alguns boatos estranhos, de sepulcros abertos e túmulos vazios. Um terceiro homem se aproxima deles e pergunta do que estão falando. Então os homens perguntam: Como não sabes nada das coisas que aconteceram em Jerusalém? Que coisas?, ele pergunta, e pede que lhe contem. Os dois contam. A morte de Cristo e tudo mais. Ele escuta. Mais tarde ele está para ir embora, mas os dois lhe dizem: É tarde, fica conosco, já é noite. Podemos comer juntos e continuar a conversar. E ele fica com eles. Durante o jantar, o homem reparte o pão, com tranquilidade, com naturalidade. Então os dois entendem e reconhecem nele o Messias. Ele desaparece.

Já sozinhos, eles dizem: Como pudemos não entender? Por todo esse tempo ele esteve conosco, o Messias estava conosco e nós não percebemos.

Gostamos da linearidade — o quanto a história é simples. E como tudo é real, sem firulas. Há apenas gestos elementares, necessários, tanto que o desaparecimento final de Cristo parece algo previsto, quase um costume. Gostamos da linearidade, mas não seria suficiente para fazer com que gostássemos tanto assim dessa história de que nós, porém, gostamos tanto, mas por outro motivo ainda: em toda a história, nenhum deles sabe. No início o próprio Jesus parece não saber de si e da sua morte. Depois eles não sabem dele e da sua ressurreição. Ao final se perguntam: como pudemos?

Nós conhecemos aquela pergunta.

Como pudemos não saber, por tanto tempo assim, nada daquilo que era e, todavia, nos sentar à mesa de cada coisa e pessoa encontrada no caminho? Corações pequenos — nós os alimentamos de grandes ilusões, e no final do processo caminhamos como discípulos para Emaús, cegos, ao lado dos amigos e amores que não reconhecemos — confiando num Deus que não sabe mais de si próprio. Por isso conhecemos o início das coisas e depois recebemos seu fim, sempre errando seu cerne. Somos aurora, mas epílogo — perene descoberta tardia.

Talvez haja um gesto que nos fará entender. Mas por enquanto nós vivemos, todos. Expliquei isso à minha namorada. Quero que você saiba que Andre morre e nós vivemos, só isso, não há mais nada para entender, por enquanto.

Mas somos também robustos, e de uma força ilógica para nossa idade. Ensinam-nos essa força junto com a fé, que é fenômeno evanescente mas pedra dura, diamante. Vamos mundo afora carregando uma certeza na qual se desmancha qualquer timidez nossa, até nos levar para além do ridículo. Frequentemente não há defesa, para as pessoas, porque nos movemos sem pudor, e só resta aceitar sem entender, desarmados por nossa candura.

Fazemos coisas inacreditáveis.

Fomos, um dia, na casa da mãe de Andre.

O Santo estava com aquela ideia fazia algum tempo. Desde o dia do boquete no carro, e depois mais tarde, por causa de outros acontecimentos. Acho que ele pensava em salvar Andre, de algum modo. A maneira que conhecia era convencê-la a falar com um padre.

Era uma ideia sem sentido, mas depois houve aquela história do cabelo e o bilhetinho da minha namorada — para não mencionar a magreza. Eu não conseguia ficar parado, e é tipicamente nosso jeito enrolar um pouco e transformar a coisa numa questão de salvação ou de perdição, uma coisa grande. Nem nos passa pela cabeça que tudo possa ser mais simples — feridas normais a ser curadas com gestos naturais, como ficar puto ou fazer coisas desprezíveis. Não conhecemos esse tipo de atalho.

Assim, a certa altura achei razoável ir. Temos esquemas infantis — se uma criança se comporta mal, contamos para a mãe dela.

Disse isso ao Santo. Fomos. Somos desprovidos do senso de ridículo. Nunca o tiveram, os eleitos.

A mãe de Andre é uma mulher magnífica, mas de uma beleza pela qual não temos simpatia nem predisposição. Estava sentada num sofá enorme, na casa que eles têm, rica.

Nós a tínhamos visto outras vezes, apenas de passagem, luminosa no seu rastro de aparição elegante, sob grandes óculos escuros. Bolsas de butique no braço dobrado em v, como as francesas nos filmes. Levam a mão para o alto e deixam-na ali, com a palma para cima, entreaberta, esperando que alguém deposite um objeto delicado, talvez uma fruta.

Ela nos olhava do sofá, e não posso esquecer o respeito que de início foi capaz de ter por nós — nem sequer sabia quem éramos, e tudo devia lhe parecer surreal. Mas, como disse, a vida a quebrara, e provavelmente havia tempo que deixara de temer a infiltração do absurdo na geometria do bom senso. Estava com os olhos um tanto arregalados, talvez pelos remédios, como em um esforço deliberado para não fechá-los. Estávamos ali para dizer a ela que sua filha estava perdida.

Mas o Santo tem uma bela voz, de pregador. Por mais louco que fosse o que tinha para dizer, ele falou de maneira tal que pareceu limpo, sem sombra de ridículo, e carregado de certa dignidade. A candura era espantosa.

A mulher ouvia. Acendia cigarros de filtro dourado, fumava-os até a metade. Não era fácil entender o que pensava, pois no seu rosto não havia outra coisa a não ser aquele esforço para não fechar os olhos. De vez em quando cruzava as pernas, que portava como uma condecoração.

O Santo conseguiu dizer tudo sem nomear nada, nem sequer *Andre* ele disse, mas só *Sua filha*. Daquele modo recapitulou tudo que sabíamos, e perguntou se era realmente aquilo que aquela mulher queria para sua filha, que se desperdiçasse no pecado, apesar dos talentos e da maravilha, só por não ter sabido indicar a ela o caminho inóspito da inocência. Pois então realmente não conseguíamos compreender, e era aquele o motivo de termos ido visitá-la — para lhe dizer aquilo.

Éramos dois garotos e, depois das tarefas escolares, tínhamos apanhado um ônibus para ir até aquela bela casa com a intenção precisa de explicar a um adulto como seu modo de vida e de ser mãe estava levando à ruína uma garota que mal conhecíamos e que iria se perder, arrastando consigo todas as almas fracas que encontrasse pelo caminho.

Ela deveria ter nos expulsado. Teríamos gostado. Mártires.

Em vez disso, fez uma pergunta.
Na opinião de vocês, o que eu deveria fazer?
Pareceu-me assombroso. Mas não ao Santo, que estava seguindo o fio dos seus pensamentos.
Faça-a vir à igreja, disse.
Deveria se confessar, acrescentou.
Estava tão espantosamente convicto que nem eu duvidei que fosse a coisa correta a dizer naquele momento. A loucura dos santos.
Contou-lhe então de nós, sem arrogância, mas com uma segurança que era uma lâmina. Queria que soubesse por que acreditávamos, e no quê. Tinha que lhe dizer que havia outra maneira de se portar no mundo, e nós acreditávamos que aquele era o caminho, a verdade e a vida. Disse que sem a vertigem dos céus só resta a terra, pouca coisa. Disse que todo homem carrega em si a esperança e um sentido mais alto e nobre das coisas, e haviam nos ensinado que aquela esperança se tornava certeza na luz plena da revelação, e tarefa diária na penumbra da nossa vida. Assim, trabalhamos para a instauração do Reino, disse, que não é uma missão misteriosa, mas a paciente construção da terra prometida, a homenagem incondicional a nossos sonhos e a satisfação perene de qualquer desejo nosso.
Por isso toda maravilha não deve cair em vão, porque é uma pedra do Reino, entende?
Estava falando da maravilha de Andre.
Uma pedra angular, disse.
Depois se calou.
A mulher estivera escutando sem qualquer mudança, só enviando algum olhar rápido para mim, mas por gen-

tileza, não porque esperasse que eu desse minha opinião. Se pensava algo, era hábil em escondê-lo. Parecia que não lhe causava nenhuma impressão ser humilhada daquele modo, ainda mais por um garoto — deixara que ele recapitulasse seu nada, o da sua filha. Sem trair ressentimento, nem sequer tédio. Quando abriu a boca, havia só gentileza em seu tom.

Você falou que ela deveria ir se confessar, disse.

Parecia que ficara ali, antes da conversa toda. Aquilo a deixara curiosa.

Disse, respondeu o Santo.

E por que deveria?

Para fazer as pazes consigo mesma. E com Deus.

É por isso que as pessoas se confessam?

Para cancelar nossos pecados e encontrar a paz.

Então ela fez que sim, com a cabeça. Como algo que ela podia entender.

Depois se levantou.

Devia haver uma maneira de fazer aquilo tudo acabar e a mais simples era nos agradecer, fechar a porta às nossas costas, esquecer. Depois sorrir daquilo. Mas aquela mulher tinha tempo, e devia ter parado de ser dócil havia tempo. Assim ficou em silêncio, em pé, como quem está prestes a se despedir, mas depois tornou a sentar-se, na mesmíssima posição de antes, porém com o olhar diferente, com uma dureza que tinha guardado, e disse que se lembrava bem da última vez que se confessara, lembrava de quando tinha se recolhido em confissão pela última vez. Era uma igreja muito bonita, de pedra clara, onde a proporção e a simetria inclinavam à paz. Parecera-lhe natural, então, procurar um confessor, embora não fosse um gesto habitual nem tivesse confiança nos sacramentos — naquele, então. Mas achou que era a coisa certa a fazer, para completar aquela beleza insólita. Viu um monge, disse. O hábito branco, as mangas largas, os pulsos finos, mãos pálidas. Não havia confessionário, o monge estava sentado, ela sentou-se diante dele, estava envergonhada do seu vestido muito curto, mas se esqueceu disso depois das primeiras palavras, que foram do monge. Perguntou-lhe o que pesava em sua alma. Ela respondeu sem pensar, disse que era incapaz de ser grata à vida e esse era o maior dos pecados. Eu estava calma, disse, mas minha voz não queria saber da minha calma, parecia ver uma voragem que eu não via, então tremia. Disse que aquele era o primeiro pecado, e também o último. Tudo era maravilhoso na minha vida, mas eu não sabia ser grata e me envergonhava da minha felicidade. Se não é felicidade, disse ao monge, é ao menos alegria ou sorte, dispensada de forma que é concedida a poucas pessoas, mas a mim sim, sem que eu nunca consiga traduzi-la numa paz qualquer da alma. O monge não disse nada, mas depois quis saber se ela rezava. Era mais novo que ela, a cabeça completamente raspada, um leve sotaque estrangeiro. Não rezo, disse, não vou à igreja, quero lhe contar minha vida, contei, alguma coisa. Mas não é disso que me arrependo, disse por fim. É da minha infelicidade que queria me arrepender. Não tinha sentido, mas estava chorando. Então, o monge se curvou em minha direção e disse que eu não devia ter medo. Não sorria, não era paterno, não era nada. Era uma voz. Disse que eu não devia ter medo, e depois muitas outras coisas de que não me lembro, lembro-me da voz. E do gesto no final. As duas mãos próximas do meu rosto e uma delas roça minha testa e desenha o sinal da cruz. Só isso.

Durante toda a narração, a mãe de Andre mantivera os olhos baixos, cravados no chão. Procurava as palavras. Mas depois quis olhar para nós, pelo que ainda tinha para contar. Voltei no dia seguinte para procurá-lo. Nada de confissão, um longo passeio. Depois voltei de novo, e de novo. Não podia deixar de ir, e voltei também quando ele começou a me pedir para voltar. Tudo era muito lento. Mas a cada vez se consumava alguma coisa. Da primeira vez que nos beijamos fui eu quem quis. Tudo mais foi ele quem quis. Poderia ter parado a qualquer instante, não o amava tanto assim, poderia. Mas, em vez disso, o acompanhei até o fim, porque era incomum, era o espetáculo de uma perdição. Queria ver até que ponto os homens de Deus podem fazer amor. Assim, não o salvei. Nunca encontrei um bom motivo para salvá-lo de mim. Matou-se há oito anos. Deixou-me um bilhete. Lembro-me apenas que falava do peso da cruz, mas de maneira incompreensível.

Olhou-nos. Tinha ainda uma coisa a dizer e era precisamente para nós.

Andre é filha dele, disse. E ela sabe.

Deu uma pequena, pérfida pausa.

Imagino que Deus também saiba, acrescentou. Porque não economizou no castigo.

Não foi seu olhar que me impressionou, mas o do Santo, que eu conhecia, tinha a ver com os demônios. Parece um cego, naquelas horas, porque vê tudo, mas em outro lugar — dentro de si. Era preciso ir embora dali. Levantei-me e encontrei as palavras certas para abrandar a pressa repentina — parecia que só tinha ido lá para isso, havia de ser o que eu sabia fazer. A mãe de Andre foi impecável, conseguiu até agradecer, sem sombra de ironia. Cumprimentou-nos com um aperto de mão. Antes de sair, tive tempo de ver, encostado na parede, na entrada, uma coisa que não devia de modo nenhum estar ali, mas que indubitavelmente era o baixo de Bobby. Ele toca baixo em nossa banda — seu baixo é preto brilhante, com um decalque de Gandhi grudado em cima. Agora estava lá, na casa de Andre.

Podíamos voltar quando quiséssemos, disse a mãe de Andre.

Que diabos seu baixo está fazendo na casa de Andre? — nem sequer esperamos o dia seguinte para lhe perguntar. Na paróquia, à noite, vinha a calhar uma reunião do grupo de orações, estávamos todos lá, menos Luca, as histórias de sempre na casa dele.

Bobby ficou vermelho, por aquela ele realmente não esperava. Disse que tocava com Andre.

Você toca? E o quê?

Baixo, disse.

Já estava tentando fazer graça. É o jeito dele.

Não fale besteira, o que você toca com ela?

Nada, é para um espetáculo dela.

Você toca com a gente, Bobby.

E daí?

Daí que, se você começa a tocar com mais alguém, você tem que nos dizer.

Eu ia contar.

Quando?

Naquela altura deu para perceber que ele se ofendera.

Mas que merda vocês querem de mim? Eu não casei com vocês.

Deu um passo à frente.

Aliás, por que não me dizem o que *vocês* faziam lá, que história é essa de ir à casa dela?

Tinha razão em perguntar. Expliquei-lhe. Disse que o Santo e eu tínhamos ido conversar com a mãe de Andre. Queríamos falar sobre sua filha, que deveria fazer alguma coisa, Andre estava arruinando a si mesma e às amigas.

Vocês foram falar com a mãe de Andre para dizer essas coisas?

Eu acrescentei que o Santo tinha explicado sobre nós, a igreja, e o que pensávamos de toda aquela história. Que a aconselhara levar Andre para se confessar, para falar com um padre.

Andre? Confessar-se?

É.

Mas vocês são doidos, perderam a noção das coisas.

Era a coisa certa a se fazer, eu disse.

A coisa certa? Mas está se ouvindo? O que você acha que entende de Andre, aquela é a mãe dela, deve saber muito bem o que tem que fazer.

Nem sempre é assim.

Ela é uma mulher adulta, você é um moleque.

Não quer dizer nada.

Um moleque. Quem você pensa que é para dar uma lição nela?

É o Senhor que fala, com nossa voz, disse o Santo.

Bobby se virou para observá-lo. Mas não percebeu o olhar de cego. Estava puto demais.

Você ainda não é um padre, Santo, você é um moleque, quando for padre você vai, e então deixamos que faça seu sermão.

O Santo foi para cima dele, tem uma agilidade infernal, nessas horas. Acabaram os dois no chão, batendo-se para valer. Tinha acontecido tudo tão depressa que eu fiquei só olhando. Faziam tudo num silêncio ilógico, concentrados, as mãos na cara. Duras, ao redor do pescoço. Depois o Santo bateu a cabeça no chão com força e Bobby deu por si com ele mole nos seus braços. Ambos estavam sangrando.

Assim, acabamos no pronto-socorro. Perguntaram o que tinha acontecido, nós saímos na porrada, disse Bobby. Uma história com garotas. O médico assentiu, não se importava. Levou os dois para trás de uma porta de vidro, o Santo na maca, Bobby andando.

Sentado no corredor, eu esperava, sozinho, sob um cartaz da Avis — aqueles ônibus para onde se vai doar sangue. Acompanhava meu pai até lá, quando eu era pequeno. Ficavam estacionados na praça. Meu pai tirava o casaco e arregaçava a manga da camisa. Era evidentemente um herói. No final lhe davam um copo de vinho e ele me deixava molhar a boca. Tenho dezoito anos e a felicidade já tem o sabor da memória.

Bobby saiu, dois esparadrapos no rosto, nada de complicado, uma mão enfaixada. Sentou-se a meu lado. Era tarde. Não era necessário dizer que gostávamos um do outro, mas lhe dei um empurrão com o ombro, assim não tinha como errar. Sorriu.

O que você toca com Andre?, perguntei.
Ela dança, eu toco. Ela que me pediu. É para um espetáculo. Quer fazer um espetáculo.
E como é?
Não sei. Não tem nada a ver com o que nós fazemos. Não quer dizer nada.
Como assim?
Como assim que não quer dizer nada, o que fazemos não significa nada, não há uma história, ou uma ideia, nada. Ela dança, eu toco, só isso.
Ficou pensando um pouco. Eu procurava imaginar.
Por isso não é um gesto bom, disse, é um gesto e só. Não tem nada a ver com fazer algo bom.
Disse que tinha a ver com fazer algo *bonito*.

Esforçava-se para explicar e eu para entender, porque nós somos católicos e estamos acostumados a distinguir entre o valor estético e o valor moral. É como com o sexo. Ensinaram-nos que se faz amor para se comunicar e para compartilhar a alegria. Tocamos pelos mesmos motivos. O prazer não tem nada a ver com isso, é uma ressonância, um revérbero. A beleza é só um acidente, necessário apenas em doses mínimas.

Bobby disse que *tinha vergonha* de tocar daquele modo, quando ia à casa de Andre, tinha a impressão de estar nu, e isso o deixara pensativo.
Sabe quando falamos da *nossa* música?, disse.
Sim.
Que deveríamos resolver de uma vez por todas tocar *nossa* música?
Sim.

Já que não tem nenhuma finalidade, só eu que toco e ela que dança, não há um verdadeiro motivo para fazê-lo, a não ser pelo fato de que queremos fazer, que gostamos de fazer. A razão somos nós. Quando acabamos, o mundo não é melhor, não convencemos ninguém, não fizemos ninguém entender nada — quando acabamos somos nós, como no início, mas verdadeiros. E atrás, um rastro — algo que fica, algo *verdadeiro*.

Ele tinha uma cisma com essa coisa de verdadeiro. Talvez aquilo é que seja tocar *minha* música, disse. Já não conseguia acompanhá-lo. Desse jeito, parece uma bruta de uma mentira, sabia?, eu disse.

E é, disse. Mas Andre não se importa, aliás, parece que tudo o que pode se tornar *emocionante* a aborrece. Foi ela quem quis o baixo, precisamente porque é o mínimo da vida. E dança do mesmo jeito. Cada vez que poderia se tornar emocionante, ela para. Ela sempre para um passo antes.

Eu estava olhando para ele.

De vez em quando, Bobby disse, sai alguma coisa que me parece bonita, e forte, e então ela se vira para mim, sem parar de dançar, como se tivesse ouvido um tom desafinado. Não dá a mínima que seja bonito naquele sentido. Não é o que procura.

Eu sorri. Você dormiu com ela?, perguntei.

Bobby começou a rir.

Babaca, disse.

Vai, você dormiu com ela.

Olha, você não entende mesmo porra nenhuma, não é?

Sim, você dormiu com ela.

Ele se levantou. Deu alguns passos no corredor. Estávamos somente nós dois. Continuou seu vaivém, até achar que aquele assunto estivesse encerrado.

Luca?, perguntou.

Liguei para ele. Talvez venha, estava com problemas em casa.

Deveria ir embora de lá.

Tem dezoito anos, aos dezoito anos não se vai embora de casa.

Quem disse?

Ora, faça-me o favor....

Está sendo cozido em fogo brando, lá dentro. Ele vem para o hospital, visitar as larvas?

Chamamos de larvas os doentes do hospital.

Sim. É você que não vem mais.

Sentou-se. Na semana que vem eu venho.

Você disse isso também na semana passada.

Fez um sinal afirmativo com a cabeça. Não sei, não tenho mais vontade.

Ninguém tem vontade, é que eles ficam esperando. Vamos deixá-los naufragar no próprio mijo?

Ficou pensando um pouco.

Por que não, disse.

Vá à merda.

Estávamos rindo.

Depois chegaram os pais do Santo. Não perguntaram muito, só como Bobby estava e quando o Santo sairia. Tinham deixado de tentar entender havia algum tempo, limitavam-se a esperar as consequências e arrumar as coisas, a cada vez. Assim, vieram pôr em ordem, e pareciam intencionados a fazê-lo com delicadeza, sem perturbar. O pai tinha trazido algo para ler.

A certa altura Bobby disse que sentia muito, que não queria machucá-lo.

Obviamente, disse a mãe do Santo, com um sorriso. O pai ergueu os olhos do livro e disse com tom gentil uma daquelas coisas que nossos pais geralmente dizem. Imagine!

O Santo, contudo, não estava muito bem, no fim. Quiseram mantê-lo lá, em observação — a cabeça, nunca se sabe. Levaram-nos até ele, seus pais pareciam mais preocupados com as roupas de baixo. As mudas. Que o mundo se salve nos detalhes, é uma coisa em que cremos cegamente.

O Santo fez um sinal para Bobby e ele se aproximou. Trocaram algumas palavras. Depois fizeram um gesto daqueles.

Fiquei com Bobby para assinar os papéis para o hospital, para pegar as prescrições — os pais do Santo já tinham ido embora. Quando saímos, Luca estava lá fora.

Por que não entrou?

Odeio hospitais.

Saímos em direção ao bonde, bem entrincheirados em nossos sobretudos, respirando névoa. Era tarde e no escuro havia apenas solidão. Não falamos até chegar no ponto. Porque um ponto de bonde, à noite, em nossos frios de névoa, é perfeito. Só palavras indispensáveis, nenhum gesto. Um olhar, quando necessário. Conversa-se como homens antigos. Luca queria saber e nós contamos, daquele jeito lá. Contei-lhe da tarde com a mãe de Andre. Na versão em poucas palavras, era ainda mais absurdo.

Vocês são doidos, ele disse.
Foram fazer um sermão, disse Bobby.
E ela?, perguntou Luca.
Contei a história do monge. Mais ou menos como a tínhamos ouvido. Até o ponto em que Andre era sua filha. Luca inicialmente riu, depois ficou pensativo.
Não é verdade, disse finalmente.
Tirou um sarro da cara de vocês, disse.
Pensei novamente no modo como aquela mulher tinha contado a história, em busca de uma nuança que pudesse explicar. Mas era como bater contra um vidro, nada saía dali. Assim, ficava aquela hipótese de um padre na seara oposta — um golpe baixo. Era melhor antes, nós aqui e eles lá, a cada qual sua colheita. Era o tipo de esquema no qual sabíamos jogar. Mas agora era uma geometria diferente, era a geometria enlouquecida deles.

Vocês vão ver o espetáculo?, Bobby perguntou. Queria dizer aquela coisa com Andre.

Luca pediu para explicar, depois disse que preferia se matar.

E você?, perguntou Bobby para mim.
Sim, vou, reserve três entradas.
Três?
Tenho dois amigos que fazem questão de ir.
Os dois babacas de sempre?
Eles mesmos.
Então está bem. Três.
Obrigado.
O bonde está chegando, disse Luca.

* * *

Mas, já que tinham se pegado, depois foram juntos para as montanhas, Bobby e o Santo. É assim que nós fazemos. Quando algo se quebra, buscamos a fadiga e a solidão. É tamanho o luxo espiritual em que vivemos — escolhemos como tratamento, para nos salvar, aquilo que em uma vida normal seria pena e condenação. Preferivelmente, buscamos fadiga e solidão em meio à natureza. Temos predileção pela montanha, por razões óbvias. O nexo entre fadiga e ascensão, ali, é literal, e a tensão de toda forma em direção ao alto, obsessiva. Caminhando pelos cumes, o silêncio se torna religioso, e a pureza ao redor é uma promessa mantida — a água, o ar, a terra limpa de insetos. Enfim, se você acredita em Deus, a montanha é o lugar mais fácil para essa prática. Temos que acrescentar que o frio induz a esconder os corpos e a fadiga os desfigura: assim nosso esforço cotidiano em censurar o corpo é exaltado e, depois de horas de marcha, nos reduzimos a passos e pensamentos — apenas o necessário, ensinaram-nos, para ser nós mesmos.

Foram para as montanhas e não quiseram ninguém com eles. Uma barraca canadense, poucos mantimentos, nenhum livro ou música. Abrir mão de tudo é algo que ajuda — nada como a indigência para nos aproximar da verdade. Partiram porque pensavam em desmanchar o nó entre eles. Dois dias e voltariam.

Eu sabia onde pensavam ir. Havia uma exasperadora, longa e íngreme pedreira, antes da chegada ao verdadeiro cume. Caminhar em terreno pedregoso é uma penitência

— via naquilo um dedo do Santo, era o tipo de coisa dele. Queria uma penitência. Mas também a luz, provavelmente — a luz na pedreira é a verdadeira luz da terra. E queria também a sensação estranha que conhecemos lá em cima, como de coisa macia que ficou, por último, boiando numa inundação de firmeza. Livres de um feitiço.

Com um pouco de inveja, vi quando partiram. Conhecemo-nos bastante bem para notar as sutilezas. Bobby tinha uma maneira estranha de tratar dos pequenos preparativos para viajar — tinha até aparecido com os sapatos errados, como alguém que não quisesse partir inteiramente. Perguntei se tinha certeza de que queria ir e ele deu de ombros. Parecia não se importar muito.

Na primeira noite acamparam à borda da pedreira. Estavam montando a barraca, já estava escuro, e a mochila do Santo, apoiada numa pedra, rolou. Estava um pouco aberta e deslizaram para fora as poucas coisas para a viagem. Mas também, à luz do lampião de gás, um brilho metálico que Bobby não entendeu na hora. O Santo foi pôr as coisas de volta dentro da mochila, depois voltou para a barraca. Por que você tem um revólver, perguntou-lhe Bobby, mas sorrindo. Por nada, disse o Santo.

Foi aquilo também, mas provavelmente as palavras durante a noite, ainda mais. De manhã começaram a subir pelas pedras, mas sem se falarem, dois estranhos. O Santo tem um jeito implacável de caminhar, subia com constância, mudo. Bobby ficou para trás, os sapatos errados não ajudavam. Começou a soprar um vento do leste e depois a chuva. Fazia um frio do cão. O Santo caminhava com regularidade, fazendo pequenas pausas, regulares — nunca olhava para trás. Lá de longe, a certa altura, Bobby berrou alguma coisa. O Santo se virou. Bobby gritou que estava de saco cheio, que ia voltar. O Santo meneou a cabeça e fez um sinal, para dizer que parasse com aquilo, que continuasse a andar, era melhor. Mas Bobby não queria mesmo saber, berrava alto e tinha uma voz de alguém que estava prestes a chorar. Então o Santo desceu alguns metros, devagar, olhando atentamente por onde punha os pés. A chuva caía oblíqua, gélida. Chegou a algumas rochas de distância de Bobby e bradou-lhe que raios estava acontecendo. Nada, respondeu Bobby, só que eu estou voltando. O Santo se aproximou mais um pouco, mas sempre ficando a alguns metros de distância. Você não pode fazer isso, disse. Claro que posso. Aliás, você também deveria, vamos embora daqui, é uma excursão de merda. Mas aquela não era uma excursão, para o Santo não são excursões, para nós, que cremos — nada pior que chamá-las de excursões, são ritos da nossa liturgia. Assim, o Santo sentiu que algo irremediável se quebrava, e não estava errado. Disse a Bobby que tinha pena dele. Olhe para você mesmo, fanático de merda, respondeu Bobby. Não gritavam exatamente, mas o vento os obrigava a falar alto. Ficaram um pouco imóveis, sem saber. Depois o Santo se virou e retomou a subida, sem uma palavra. Bobby deixou que fosse e depois começou a gritar que ele era um louco, e que se sentia um santo, hein? Mas não era, todos sabiam muito bem que não era, ele e suas putas! O Santo continuava a subir, nem parecia escutar, mas a certa altura de fato parou. Tirou a mochila, depositou-a no chão, abriu-a, agachou-se para apanhar alguma coisa e depois se levantou de novo, apertando o revólver na mão direita. Bobby!, gritou. Estavam longe, e além do mais havia o vento, teve que gritar. Fique com ele, gritou. E jogou o revólver, para que ele o pegasse. Bobby deixou-o cair entre as rochas, as armas lhe davam medo. Viu-a ricocheteando na pedra dura e depois rolando num buraco. Quando se virou para o Santo, viu-o de costas, subindo, lento. Então por um tempo não entendeu nada, mas depois lhe ocorreu que aquele garoto não queria ficar sozinho com seu revólver, completamente só com ele. E sentiu uma grande ternura pelo Santo e por seus passos cada vez menores, sobre as pedras. Mas não mudou de ideia e não voltou a subir, e entendeu que seria sempre assim.

Foi buscar o revólver. Por mais que lhe desse nojo, guardou-o na mochila, para que desaparecesse dali e de qualquer outra solidão pela qual o Santo pudesse passar. Depois tomou o caminho de volta.

Conheço essa história porque Bobby me contou, com todos os detalhes. Contou-me para explicar que provavelmente tudo já tinha acontecido antes, com uma vagarosidade de movimento geológico, mas afinal fora nas pedras que ele havia entendido, de repente, que tudo tinha acabado. Referia-se a algo que conhecemos bem — a expressão imprecisa que usamos é: perder a fé. É nosso pesadelo. A cada momento do nosso caminho sabemos que algo pode acontecer, parecido com um eclipse total — perder a fé.

O que os padres podem nos ensinar, a propósito dessa eventualidade, só pode ser compreendido remontando à experiência dos primeiros apóstolos. Eram poucos, os mais próximos a Cristo, e, no dia seguinte ao Calvário, despregando seu Mestre da cruz, reuniram-se, abatidos. É preciso lembrar que experimentavam a dor muito humana pela perda de um ente querido: e nada mais. Nenhum deles, naquele momento, estava consciente de que quem morrera não era um amigo, um profeta, um mestre — mas Deus. Era uma coisa que não tinham compreendido. Evidentemente, não estava a seu alcance conseguir imaginar que aquele homem fosse *realmente* Deus. Assim, reuniram-se naquele dia, depois do Calvário, em simples memória de um ente querido e insubstituível que haviam perdido. Mas do céu, sobre eles, baixou o Espírito Santo. Assim, de repente, o véu se rasgou e eles compreenderam. Aquele Deus com quem tinham caminhado durante anos, agora o reconheciam, e é de se imaginar como cada pequena peça que compõe o mosaico da vida naquele instante tenha voltado a suas mentes, numa luz tão ofuscante a ponto de lhes descortinar as profundezas, e para sempre. No Novo Testamento, esse descortinar é transmitido pela bela metáfora da glossolalia: de repente se tornaram capazes de falar todas as línguas do mundo — era um fenômeno conhecido, associado às figuras dos videntes, dos adivinhos. Era a chancela de uma compreensão mágica.

 Assim, o que os padres nos ensinam é que a fé é um dom, que vem do alto e pertence ao âmbito do mistério. Por isso é frágil, como uma visão — e, como uma visão, intocável. É um acontecimento sobrenatural.

 Todavia, nós sabemos que não é assim.

 Somos obedientes à doutrina da Igreja, mas também conhecemos direito uma história diferente, cujas raízes remontam à terra humilde que nos gerou. Em algum lugar, e de maneira invisível, nossas famílias infelizes nos passaram um irremediável instinto para crer que a vida é uma experiência imensa. Quanto mais modesto foi qualquer hábito que nos transmitiram, tanto mais profundo foi, a cada dia, seu chamamento subterrâneo para uma ambição sem limites — uma espera de sentido quase despropositado. Assim nos aproximamos do mundo, desde crianças, com o preciso intento de restituí-lo à sua grandeza. Exigimos que seja justo, nobre, firme em tender ao melhor e irrefreável no seu caminho de criação. Isso nos torna rebeldes e diferentes. O mundo lá fora nos parece, na maioria das vezes, uma tarefa humilhante, árida, totalmente inadequada às nossas expectativas. Nas vidas daqueles que não creem vemos a rotina dos condenados, e em cada um dos seus gestos vislumbramos a paródia da humanidade com que sonhamos. Qualquer injustiça é uma ofensa às nossas expectativas — assim é toda dor, maldade, miséria de alma, feiura. Assim é qualquer passagem vazia do sentido — e cada homem sem esperança ou nobreza. Cada gesto mesquinho. Cada instante perdido.

Assim, muito antes que em Deus, cremos no homem — e só isso, no início, é a fé.

Como já disse, ela aflora em nós na forma de uma batalha — somos contrários, somos diferentes, somos loucos. O que agrada aos outros nos enoja, e para nós é precioso o que os outros desprezam. Não adianta dizer que isso nos galvaniza. Crescemos com a ideia de ser heróis — e, todavia, de um tipo estranho, que não descende da tipologia clássica do herói — não amamos, de fato, as armas, nem a violência, nem a luta animal. Somos heróis fêmeas, pelo modo de nos insinuar em arranca-rabos de mãos vazias, carregados de um candor infantil e invencíveis em nosso arranjo de modéstia irritante. Arrastamo-nos entre as engrenagens do mundo de cabeça erguida, mas com o passo dos últimos — o mesmo passo repugnantemente humilde, e firme, com que Jesus de Nazaré caminhou no mundo durante toda a sua vida pública, estabelecendo, mais que uma doutrina religiosa, um modelo de comportamento. Invencível, como a história demonstrou.

No fundo dessa epopeia às avessas, encontramos Deus. É um passo natural, que vem por si mesmo. Acreditamos tanto em cada criatura que nos parece normal pensar em uma criação — um gesto sapiente que chamamos pelo nome de Deus. Assim, nossa fé nem é tanto um evento mágico e incontrolável, mas uma dedução linear, a extensão ao infinito de um instinto herdado. Em busca do sentido, aventuramo-nos para muito longe, e no final da viagem havia Deus — a total plenitude do sentido. Muito simples. Quando por acaso perdemos essa simplicidade, os Evangelhos vêm em nosso socorro, porque neles nossa viagem do homem a Deus é estabelecida para sempre num modelo certeiro, no qual o filho rebelde do homem coincide com o filho predileto de Deus, ambos misturados numa mesma carne, heroica. O que poderia ser loucura, em nós, ali é revelação e destino cumprido — ideograma perfeito. Tiramos daí uma certeza sem arestas — que chamamos fé.

Perdê-la é algo que acontece. Mas aqui utilizo uma expressão imprecisa, que alude à fé como sortilégio, uma coisa que não nos diz respeito. Não *perderei* a fé, Bobby não pode *perdê-la*. Não a *encontramos*, não podemos *perdê-la*. É uma coisa diferente, nada mágica. O que me ocorre é o ruir geométrico de um muro — o instante em que um ponto da estrutura cede e tudo desaba. Porque a parede de pedra é sólida, mas em seu cerne sempre carrega um encaixe fraco, uma sustentação instável. Ao longo do tempo aprendemos com precisão *onde* — a pedra oculta que pode nos trair. É no ponto exato em que apoiamos todo o nosso heroísmo, e todo o nosso sentimento religioso: é onde recusamos o mundo dos outros, onde o desprezamos, por certeza instintiva, onde sabemos ser insensato, com evidência total. Só Deus nos basta, as coisas, nunca. Mas nem sempre é verdade, não é verdadeiro para sempre. Basta às vezes a elegância de um gesto alheio ou a beleza gratuita de uma palavra laica. O faiscar da vida, apanhado em destinos errados. A nobreza do mal, em intervalos. Filtra então uma luz, que não teríamos desconfiado. Rompe-se a certeza da pedra e tudo desaba. Vi isso em tantas pessoas, vi isso em Bobby. Disse-me — há uma porção de coisas verdadeiras à nossa volta, e nós não as vemos, mas elas estão lá, e têm um sentido, sem nenhuma necessidade de Deus.

 Dê-me um exemplo.

 Você, eu, como somos realmente, não como fingimos ser.

 Dê-me outro.

 Andre e até as pessoas que estão à sua volta.

 Parece-lhe que pessoas como aquelas *tenham um sentido*?

 Sim.

 Por quê?

São verdadeiras.
E nós não?
Não.

Ele queria dizer que, na ausência de sentido, ainda assim o mundo acontece, e naquela acrobacia de existir sem coordenadas há uma beleza, até uma nobreza, às vezes, que nós não sabemos — como uma possibilidade de heroísmo na qual nunca pensamos, *o heroísmo de uma verdade qualquer*. Se reconhecer isso, com seus olhos, ao fitar o mundo, mesmo uma única vez, então está perdido — agora existe outra batalha, para você. Tendo crescido na certeza de sermos heróis, em outras lendas nos tornamos memoráveis. Deus se esvanece, como um expediente infantil.

Bobby me disse que aquela pedreira, na montanha, de repente lhe parecera o que tinha restado de uma fortaleza em ruínas. Não havia como caminhar ali, disse.

Vimos então seu lento resvalar para longe, mas nunca de costas, os olhos ainda sobre nós, seus amigos. Você diria que ele voltaria, pouco tempo depois. Nunca pensamos em vê-lo desaparecer de verdade. Mas deixou para lá as larvas, no hospital, e tudo mais. Foi tocar ainda algumas vezes, na igreja, depois mais nada. Eu fazia o som do baixo, no teclado. Não era a mesma coisa, mas sobretudo não era o mesmo crescer, o nosso, sem ele. Ele tinha uma leveza, nós não tínhamos.

Certo dia voltou para nos falar do seu espetáculo com Andre, se realmente queríamos vê-lo. Nós dissemos que sim, e fomos, e isso mudou nossas vidas.

Era em um teatro fora da cidade, uma hora de carro até uma cidadezinha de ruas e casas apagadas, o campo à sua volta. Interior. Mas com um teatro de outros tempos, na praça, com camarotes e tudo — em forma de ferradura. Talvez houvesse gente do lugar, mas sobretudo eram amigos e parentes que chegavam para ver, como num casamento, todos se cumprimentando na entrada. Nós à parte, porque havia muitos dos deles — aqueles que Bobby dizia ser verdadeiros, ao passo que nós, não. Mais uma vez me deram nojo, no entanto.

Nem o espetáculo pareceu muito melhor. Com toda boa vontade. Mas não era coisa que nós pudéssemos entender. Além de Andre, havia Bobby que tocava, uns slides no fundo e mais três bailarinos que, porém, eram pessoas normais, até deformadas, corpos desprovidos de beleza. Não dançavam, a não ser que aquilo fosse dançar, mover-se de acordo com regras e um plano preciso. De vez em quando, ao baixo de Bobby se misturavam outros sons e ruídos, gravados. Gritos, de repente — e no final.

No baixo de Bobby ainda havia o decalque de Gandhi — gostei disso. Porém, era verdade que estava tocando diferente, não só as notas, mas o apoio nos pés, a curva das costas e, sobretudo, o rosto estudado, e não tinha vergonha, como esquecido do público — um rosto próprio. Você podia ver, querendo, Bobby assim como era, desde que tinha deixado de ser Bobby. Olhávamos para ele fascinados. O Santo às vezes ria, mas baixo, por constrangimento.

Depois havia Andre. Estava em seus movimentos, inteira — um corpo. O que eu podia entender é que procurava alguma necessidade ao enfileirar os gestos, como se tivesse decidido substituir ao acaso, ou à naturalidade, uma espécie de necessidade que os mantivesse juntos, um a determinar o outro, de forma inevitável. Mas afinal quem sabe. E se podia dizer mais uma coisa, e era que onde ela estava se formava uma intensidade particular, às vezes hipnótica — sabíamos, já tínhamos visto isso nas apresentações da escola, mas não é algo a que possamos nos acostumar, todas as vezes nos apanha de surpresa, e foi assim daquela vez, enquanto ela — dançava.

Devo acrescentar que era exatamente como Bobby tinha dito, não significava nada, não havia uma história, uma mensagem, nada, só aquela aparente *necessidade*. Todavia, a certa altura Andre estava deitada no chão, de costas, e quando se levantou deixou cair o camisão branco que vestia, a pele de uma serpente, e ficou, diante dos nossos olhos, nua. Assim nos era dado, sem nada em troca, aquilo que sempre pensamos estar fora do nosso alcance — deixando-nos atônitos sem saber o que fazer. Nua, Andre se movia, e qualquer posição nossa, nas poltronas do teatro, de repente era inapropriada, até mesmo onde deixávamos as mãos. Os olhos, eu me esforçava para fazer com que olhassem a cena toda, mas eles procuravam o corpo em seus detalhes, para surrupiar o presente imprevisto. Além disso, havia a vaga sensação de que duraria pouco, e então uma pressa, e o desapontamento quando ela tornava a se aproximar do seu camisão. Que no entanto deixava sempre no chão, afastando-se novamente — evitava-o. Não sei se ela sabia o que estava fazendo com nossos olhos. Era possível que não se importasse nem um pouco, que não fosse aquele o cerne da coisa. Mas era para nós — é preciso lembrar que eu, por exemplo, tinha visto uma garota nua quatro vezes em toda a minha vida, tanto que tinha até contado. E ela era Andre, não uma garota. Então, olhávamos para ela — e a questão é que não tirávamos daí nada de sexual, nada que tivesse a ver com o desejo, como se o olhar tivesse se destacado do resto do corpo, e isso me pareceu uma magia: que um corpo pudesse posar assim, nu, como se fosse pura força, e não um corpo, nu. Até mesmo quando eu olhei no meio das suas pernas, e ousei fazê-lo, porque ela deixava que o fizesse, não tinha mais sexo havia muito tempo, como se tivesse desaparecido, só uma inaudita proximidade, impensável. E essa, pelo que entendi, era a única mensagem, a única história que me fora contada naquele palco. Aquela coisa do corpo nu. Antes do fim, Andre tornava a se vestir, mas lentamente, com uma roupa de homem, até a gravata — algo simbólico, imagino. Desapareceu por último o triângulo loiro entre as coxas, nas calças escuras com vinco, e foi durante aquela longa vestição que se ouviu uma tosse, na sala, como de gente voltando de longe — assim nos demos conta do silêncio especial de antes.

Depois, fomos até os camarins. Bobby parecia feliz. Abraçou a todos nós. Gostaram?, perguntou. Estranho, disse Luca. Porém, mal acabara de dizer isso e já tinha a cabeça de Bobby entre as mãos, e encostara sua testa na dele, esfregando um pouco — não fazemos gestos desse tipo, geralmente, não colocamos os corpos no meio, entre homens, quando cedemos à ternura, à emoção. E o Santo, o que diz o Santo?, perguntou Bobby. O Santo estava um passo para trás. Deu um belo sorriso e começou a menear a cabeça. Você é grande, disse entre os dentes. Vem cá, babaca, disse Bobby, e foi abraçá-lo. Não sei, tudo era estranho — éramos melhores. Andre se aproximou, então, ela veio nos ver, tinha decidido. Meus amigos, disse Bobby, impreciso. Ela tinha parado a um passo de nós, fez que sim com a cabeça, estava fechada num roupão, azul-marinho. Os pés descalços. A banda, disse, mas sem desprezo — estava anotando alguma coisa. Bobby me apresentou primeiro, depois Luca, e por fim o Santo. Ela deteve seu olhar no Santo, e ele não abaixou o seu. Parecia que estavam a ponto de dizer alguma coisa, os dois. Mas alguém que passava por ali abraçou Andre por trás, era um daqueles, todo sorrisos. Disse a ela como tinha sido bonito, levou-a embora. Andre nos disse ainda alguma coisa como Vocês ficam, não é? Depois já tinha ido embora.

Ficar — com aquilo Bobby tinha nos deixado em maus lençóis. Não ousávamos dizer-lhe não, naquele tempo, e Bobby tinha nos convidado para ir com ele, depois do espetáculo, até uma grande casa de campo de Andre, para passar a noite, havia uma festa e, depois, um lugar para dormir. Nós não vamos facilmente dormir na casa dos outros, não gostamos da intimidade com os objetos alheios — os cheiros, as escovas de dente usadas no banheiro. Também não vamos de boa vontade às festas, que são pouco adequadas à nossa forma singular de heroísmo. Todavia, tínhamos concordado — acabaríamos encontrando um modo de escapar, era isso que pensávamos.

Mas muitos saíram em massa rumo àquela casa, a poucos quilômetros, numa procissão de carros, muitos deles esportivos. Portanto, não conseguimos achar uma abertura pela qual escapar. Uma abertura educada. Fomos parar na festa, que não sabíamos direito como usufruir. O Santo começou a beber silenciosamente, e nos pareceu uma boa solução. Então, ficou mais fácil. Havia algumas pessoas que conhecíamos, eu, por exemplo, encontrei uma amiga da minha namorada. Perguntou-me por ela, por que não estava ali: não estamos mais namorando firme, eu disse. Então vamos dançar, ela me disse, como se fosse uma consequência natural, a única. Puxei comigo Luca, o Santo, não, porque falava intensamente com um velho de cabelos compridos — de vez em quando se debruçavam um em direção ao outro para vencer a música, muito alta. Naquela música, começamos a dançar. Bobby nos viu e parecia estar alegre, como se tivesse resolvido um problema. Eu, a cada música pensava que era a última, mas depois prosseguia — Luca se aproximou de mim e gritou no meu ouvido que éramos ridículos, mas foi para dizer o contrário, que estávamos muito bonitos, só para variar, e talvez tivesse razão. Não sei como, dei por mim sentado, afinal, e a meu lado estava a amiga da minha namorada. Os dois suados, observando as pessoas que dançavam, acompanhando o ritmo com a cabeça. Não havia como falar, não falávamos. Ela se virou, pôs os braços em volta do meu pescoço e me beijou. Tinha uns lábios bonitos e macios, beijava como se estivesse com sede. Continuou um pouco, eu estava gostando. Depois ela tornou a olhar para as pessoas, talvez segurando minha mão, não me lembro. Estava pensando naquele beijo, não sabia nem o que era. Ela se levantou e continuou a dançar.

Fomos dormir quando a droga que passava começou a ser excessiva, ou você também se drogava ou se sentia realmente pouco à vontade. Fomos embora, então, porque aquilo não era para nós. Tivemos que passar por Bobby, para saber onde podíamos achar uma cama, mas ele já estava bem chapado de erva e não estávamos a fim de vê--lo daquele jeito — e ele não estava a fim de estragar tudo por conta daquilo. Como se tivesse entendido, Andre veio, então, para nos levar dali, o tom gentil, controlada nos gestos — vinda sabe-se lá de onde, ela não estava na festa. Levou-nos até um quarto do outro lado da casa. A certa altura disse Eu sei, também me canso de dançar logo. Parecia o início de uma conversa, e então Luca disse que ele nunca dançava, mas que, para falar a verdade, quando acontecia ele achava maneiro, e riu. Sim, é mesmo, disse Andre, olhando para ele. Depois acrescentou Vocês nem sabem, mas são lindos, vocês três. E Bobby também é. Foi embora, pois não era o início de uma conversa, era algo que queria dizer, e só.

Talvez tenha sido aquela frase, talvez o álcool e a dança, mas depois, quando ficamos a sós, conversamos por um bom tempo, nós três, como para continuar alguma coisa. Luca e eu deitados numa cama grande, o Santo acomodado num divã do outro lado do quarto. Falávamos como se tivéssemos um futuro à frente, que acabáramos de descobrir. Inclusive de Bobby, e que devíamos trazê-lo de volta. E tantas histórias nossas, sobretudo inconfessáveis, mas numa luz diferente, sem remorsos — sentíamo-nos capazes de tudo, algo que acontece aos jovens. Tínhamos um zumbido nos ouvidos e quando fechávamos os olhos sentíamos náuseas — mas continuávamos falando, enquanto pelas venezianas se infiltrava a luz do jardim, que formava listras no teto, nós de olhos cravados nelas continuávamos a falar, sem nos olhar. Perguntamos ao Santo aonde ia quando desaparecia. Ele disse. Não tínhamos medo de nada. E Luca contou sobre seu pai, ao Santo pela primeira vez, a mim histórias que eu não conhecia. Mas parecíamos capazes de qualquer coisa, e dizíamos palavras que parecíamos entender. Em nenhum momento alguém disse a palavra Deus. Muitas vezes ficávamos em silêncio por um tempo, pois não tínhamos pressa e queríamos que nunca acabasse.

    Mas o Santo estava falando quando se ouviu um barulho, próximo — depois a porta se abrindo. Além de ficarmos quietos, puxamos os lençóis — o pudor de sempre. Podia ser qualquer um, mas era Andre. Entrou no quarto, tornou a fechar a porta, vestia uma camiseta branca e nada mais. Olhou um pouco em volta, depois veio se deitar na nossa cama, entre mim e Luca, como se tivesse sido combinado assim. Fazia tudo com tranquilidade, sem dizer uma palavra. Encostou a cabeça no peito de Luca, ficou um pouco imóvel, de lado. Uma perna sobre as suas. Luca inicialmente não fez nada, mas depois começou a acariciar os cabelos dela, ainda se ouvia a música da festa, ao longe. Depois foram se aproximando e então eu me sentei na cama, com a ideia de ir embora, a única que me ocorreu. Todavia, Andre se virou um pouco e disse Vem cá, pegando-me pela mão. Assim me deitei atrás dela, meu coração grudado a suas costas, deixando as pernas um pouco para trás, mas depois me achegando mais, meu sexo contra sua pele, redonda, que começou a se mexer, lenta. Beijava sua nuca, enquanto ela passava os lábios nos olhos de Luca, devagar. Assim, ouvia a respiração de Luca, e bem de perto a boca entreaberta. Mas, onde eu deixava escorregar minhas mãos, ele retraía as dele — tocávamos Andre sem nos tocarmos, concordando logo que não faríamos isso. Enquanto ela nos tomava devagar, sempre em silêncio, e nos olhava, a cada vez.

Ela era o segredo — tínhamos entendido isso havia muito tempo, e agora o segredo estava ali e só faltava um passo. Nunca quisemos nada mais que isso. Portanto deixávamos que ela nos guiasse, e tudo era simples, inclusive as coisas que jamais tinham sido, para mim. Não conhecia nada semelhante, mas o desaparecimento de qualquer escuridão era tamanho que eu já sabia o que iria encontrar quando, a certa altura, me voltei para o lado do Santo, para depois vê-lo sentado, lá no sofá, com os pés encostados no chão, os olhos cravados em nós, sem expressão — uma figura de quadro espanhol. Não se mexia. Mal respirava. Deveria ter me assustado, pois seu olhar estava próximo daquele que eu conhecia, mas não. Tudo era simples, eu disse. Não teve vontade de me fazer um sinal, não havia nada que quisesse me dizer. Além da sua presença ali, sem desviar os olhos. Pensei então que tudo era verdade, se ele via — verdadeiro e desprovido de culpa, se ele se calava.

Assim, tornei a olhar Andre — deitada de costas, puxava Luca e o empurrava entre suas pernas abertas. Fomos treinados por tanto tempo a fazer sexo sem trepar que para nós as coisas realmente excitantes são outras, decerto não aquele estar um dentro da outra — e o movimento animal.

Mas olhar nos olhos de alguém que está fazendo amor, aquilo eu nunca tinha imaginado — pareceu-me a maior das proximidades possíveis, quase uma posse definitiva. Então tive a sensação de que estava realmente levando embora o segredo. Fixei os olhos de Andre, que me olhavam, balançando com os movimentos de Luca. Sabia o que faltava, então me dobrei para beijá-la na boca, nunca a beijara, sempre quis fazê-lo — ela virou o rosto, ofereceu-me a face, pôs a mão nos meus ombros, para me afastar um pouco. Continuei beijando-a, procurando sua boca — ela sorria e continuava a fugir. Deve ter entendido que eu não ia parar, então escorregou para fora de Luca, como um jogo, dobrou-se sobre mim, apanhou meu sexo nos seus lábios, sua boca longe da minha, como ela queria. Meus olhos cruzaram com os de Luca, foi a única vez, tinha os cabelos grudados na testa e, não há como negar, estava muito bonito. Deixei-me cair de costas. Pensei que agora veria Andre chupando meu sexo, eu a veria assim, de uma vez por todas. Mas em lugar disso pus uma mão nos seus cabelos e apertei os dedos, dobrando o braço e puxando sua cabeça na minha direção. Sabia, em algum lugar, que se não conseguisse beijá-la tudo teria sido inútil. Ela se deixou puxar, sorria, chegou a um milímetro dos meus lábios, mas estava rindo. Subiu em mim para segurar meus ombros para baixo, encostados na cama, estava rindo a um milímetro dos meus lábios, um jogo. Peguei sua cabeça por trás e a puxei para mim, primeiro ela se retesou, depois não ria mais, depois fiz com as ancas um gesto que não conhecia, ela me deixou entrar dentro dela e eu me rendi, porque era a primeira vez que trepava na minha vida. Nem com nossas putas, nunca.

Adormecemos quando a luz da manhã batia nas venezianas, o sofá deserto. O Santo desapareceu, sabe-se lá para onde foi. Dormimos por horas. Quando acordamos, Andre não estava mais lá. Olhamo-nos por um instante, Luca e eu. Ele disse Merda. Disse várias vezes, batendo a cabeça no travesseiro.

Não muito tempo depois, espalhou-se a notícia de que Andre esperava uma criança — eram as meninas que diziam, como de uma coisa que tinha que acontecer e aconteceu.

Luca ficou apavorado. Não era possível fazer com que pensasse, não adiantava lhe dizer que não sabíamos de nada, que era fácil que não fosse verdade. E afinal, quem diria que era precisamente nosso, aquele filho. Eu dizia assim mesmo, *nosso*.

Procurávamos nos lembrar como tinha sido. Sabíamos que as coisas funcionavam de certo modo, mas não muito mais. Pareceu-nos importante entender onde diabos tínhamos disseminado nosso sêmen, expressão muito bíblica que os padres usam no lugar de *gozar*. O problema era que não lembrávamos exatamente — pode parecer estranho, mas era assim. Como eu já tive chance de explicar, nós gozamos raramente, e por erro, fazemos sexo de outro jeito — assim, mesmo com Andre, não nos parecera ser aquele o cerne da questão. Todavia, concluímos que, com efeito, tínhamos gozado dentro dela, *também* — e aquela também foi a única coisa que fez Luca rir, mas só por um instante.

Entendemos que podia ser nosso.

A ideia era insuportável, não havia nada a dizer. Mal

tínhamos nascido para a arte de ser filhos e nos tornávamos pais, presas de uma precipitação ilógica dos eventos. Além do complexo de culpa, desmedido, e de uma culpa vergonhosa, sexual — como poderíamos explicar às mães, aos pais, e na escola. Era natural pensar nas circunstâncias individuais, uma vez que tivéssemos contado e descrito, os detalhes, a falta de motivos, os silêncios. Os prantos. Ou então eles descobririam antes — cada vez que voltávamos para casa, ao abrir a porta questionávamos aquele silêncio, para entender se era a tristeza contida de sempre ou o vazio do desastre. Aquilo não era viver. E sem ao menos se aventurar a pensar no depois, uma criança de verdade, sua vida, em que casa, com que pais e mães, o dinheiro. Até aquele ponto não chegávamos, nunca vi aquele filho na imaginação, nem sequer uma vez, nunca cheguei até ele, naqueles dias.

Secretamente, eu pensava ainda mais para trás, e nos via exilados numa paisagem que não era a nossa, sugados por aquela vocação à tragédia que era dos ricos — era um rasgo, e eu podia ouvir seu ruído. Tínhamos ido muito além do limite, seguindo Andre, e pela primeira vez me ocorreu que não seríamos mais capazes de encontrar o caminho de volta. Deixando de lado os outros medos, esse era meu verdadeiro terror, mas nunca disse isso a Luca — tudo o mais já era o suficiente para abalá-lo, nossa aventura.

É preciso dizer que a vivíamos sozinhos, guardando tudo em segredo dentro de nós. Não queríamos falar com Bobby, o Santo tinha desaparecido no nada. Tínhamos parado de ir visitar as larvas, e na missa éramos só nós dois a tocar e cantar, uma pena. Tentei falar com o Santo, mas ele escapava, álgido, consegui pará-lo uma vez na saída da escola, não adiantou nada. Dava para ver que precisava de tempo. Não havia mais ninguém à nossa volta. Nenhum padre, para histórias do gênero. Então, estávamos tão sozinhos — daquele tipo de solidão da qual brotam desastres. Éramos também tão novos. Falar com Andre era algo que nem passava por nossa cabeça. Tampouco ela viria falar conosco, sabíamos. Assim, perguntávamos por aí, sem nenhuma nuança nas palavras, de mãos nos bolsos. Sabia-se que esperava um bebê, ela é que dissera a alguém, sempre negando o nome do pai. Parecia um fato. Todavia, nunca acreditei realmente naquilo até o dia em que encontrei por acaso, na rua, o pai de Andre — estava dirigindo um conversível vermelho. Tínhamos nos conhecido no espetáculo, mas mal fomos apresentados, estranhamente ele se lembrava de mim. Encostou na guia e parou onde eu estava. Naqueles dias, qualquer pessoa que nos dirigisse a palavra fazia com que temêssemos o desastre, Luca e eu. Você viu Andre?, perguntou. Pensei que quisesse dizer se eu havia visto que maravilha ela tinha sido, lá no palco — ou até mesmo em geral, que maravilha era, na vida. Então eu disse Sim. Onde?, perguntou-me. Acabei respondendo Por toda parte. Soou meio exagerado, para dizer a verdade. Então acrescentei De longe. O pai de Andre fez que sim com a cabeça, como para dizer que concordava e que tinha entendido. Deu uma olhada em volta. Talvez estivesse pensando em que sujeito esquisito eu era. Cuide-se, disse. E foi embora.

Quatro travessas adiante, onde um semáforo piscava inutilmente ao sol, o conversível vermelho foi atingido por um pequeno furgão desgovernado. O impacto foi terrível e o pai de Andre ali perdeu a vida.

Então eu soube que aquela criança existia, porque reconheci como a quadratura do círculo — o encontro de duas geometrias. O feitiço que governava aquela família, soldando cada nascimento a uma morte, tinha se cruzado com o protocolo do nosso sentir, que ligava toda culpa a um castigo. Resultava daí, com toda evidência, uma prisão de aço — ouvi distintamente o som mecânico da fechadura.

Não comentei nada com Luca — ele tinha começado a faltar na escola, não atendia o telefone. Eu tinha que ir buscá-lo, às vezes, para fazer com que saísse de casa, e nem sempre bastava. Tudo era difícil, naquelas horas, o sofrimento de continuar as coisas. Certa manhã eu tinha cismado de levá-lo para a escola, então passei na sua casa, às sete e meia da manhã. Na entrada cruzei com o pai dele, já estava com o chapéu na cabeça, a pasta na mão, prestes a ir ao escritório. Ficou sério e disse poucas palavras, dava para ver que padecia loucamente com aquela visita fora de hora, mas a aceitava, como a chegada de um médico. Luca estava no seu quarto — tinha se vestido, mas estava deitado na cama, já arrumada. Fechei a porta, talvez pensasse em levantar a voz. Pus seus livros na pasta — uma mochila militar, como nós todos temos, compramos em brechós. Não seja babaca e levante daí, eu disse.

Depois, andando para a escola, ele procurou se explicar, e eu achei até que tivesse encontrado um jeito de fazê-lo raciocinar, e desmanchar seu medo. No entanto, a certa altura ele conseguiu dizer aquilo que realmente o estava consumindo, na exatidão de palavras simples, recuperadas do fundo da sua vergonha: *não posso fazer isso com meu pai*. Tinha certeza de que aquele homem ficaria mortalmente ferido, e não estava pronto para aquele horror. Realmente, aquilo não era algo a que eu soubesse dar uma resposta. Com efeito, desarma-nos a tendência a pensar que nossa vida seja, antes de tudo, um fragmento conclusivo da vida dos nossos pais, simplesmente entregue a nossos cuidados. Como se tivessem nos encarregado, num momento de cansaço, de cuidar por um instante daquele epílogo que para eles é precioso — e esperando que o devolvêssemos, mais cedo ou mais tarde, intacto. Depois, eles tornariam a deixá-lo em ordem, formando a plenitude de uma vida completa, a deles. Mas a nossos pais cansados, que tinham confiado em nós, devolvemos o corte de cacos afiados, objetos que escaparam das mãos. No rastejo abafado de um malogro desses, não encontramos o tempo para refletir, nem a luz de uma rebelião. Só a imobilidade abafada da culpa. Assim tornará a ser nossa, a nossa vida, quando já for tarde demais.

 Já que Luca por fim não quis entrar, deixei-o sozinho a resolver o vazio daquelas horas matutinas. Eu preferia seguir com ordem o ditado das coisas. A escola, as tarefas, os compromissos. Era algo que me ajudava. Não tinha muito mais. Habitualmente, em situações desse tipo, recorro à confissão, e logo a seguir à penitência. Todavia, não me parecia natural fazer nem uma coisa nem outra, pela convicção de que já não me coubesse o privilégio dos sacramentos, talvez nem sequer o consolo de uma expiação devota. Assim, eu não tinha remédio — resistia apenas, além do respeito pelos costumes, o instinto para a oração. Sentia alívio ao rezar de joelhos, por um tempo muito longo, em igrejas fortuitas, nas horas em que há apenas as raras visitas de velhinhas, o bater das portas, de vez em quando. Ficava com Deus, sem pedir nada.

Morto o pai de Andre, veio o dia do funeral — Luca e eu resolvemos ir.

Bobby também estava, o Santo, não. No empurra-empurra da igreja apinhada. Mas nós de um lado, Bobby de outro, até vestidos de maneira diferente — ele tinha começado a se cuidar, não é uma coisa que fazemos. Já tínhamos visto várias daquelas pessoas antes, mas raramente tão sérias, comedidas. Óculos escuros e acenos breves. Em pé, durante a missa, sem saber as palavras. Conhecemos aquele tipo de encenação, não tem um verdadeiro nexo com qualquer sentimento religioso, tem a ver com a elegância, com a necessidade de um rito. Mas não há ressurreição nos corações, nada. Ao sinal da paz, apertei a mão de Luca, e trocamos um olhar. Só nós sabíamos o quanto precisávamos daquilo — paz.

De longe a observávamos bem, Andre, é óbvio, mas sob o casaco não se via nada, a magreza resoluta e nada mais. Não sabíamos o suficiente para compreender se podíamos deduzir algo daí.

Fora da igreja, um abraço em Bobby, e não tínhamos dúvida de que iríamos cumprimentar Andre, como é educado fazer. Sem admitir, esperávamos alguma coisa, a clareza de um sinal que ela saberia nos dar. Havia gente na fila, no adro, esperamos que Andre se afastasse um pouco da mãe e do irmão, nós a víamos sorrir, era a única sem óculos escuros, belíssima. Aproximamo-nos vagarosamente, esperando nossa vez, sem tirar os olhos dela — agora que estava ali, de repente me lembrava como tinha sentido falta do seu corpo a cada instante depois daquela noite. Procurei nos olhos de Luca o mesmo pensamento, mas parecia preocupado e só. Andre cumprimentou um casal de idosos, depois chegou a nossa vez. Primeiramente Luca — depois eu lhe estendi a mão, ela a apertou, Obrigada por ter vindo, sorrindo, um beijo no rosto, nada mais. Talvez um instante a mais, uma hesitação, mas não sei. Já estava agradecendo a outra pessoa.

Andre.

Não é nosso, disse a Luca, a igreja às nossas costas, indo para casa, a pé. Não é possível que seja nosso.

Teria dado um jeito de entendermos, eu pensava. Pensava também que naquele beijo na face tudo tinha desaparecido, como a água que torna a se fechar, esquecendo a pedra encostada no fundo. Assim, estava eletrizado, tinham devolvido minha vida. Disse isso a Luca de todos os jeitos, ele ouvia. Mas andava cabisbaixo. Ocorreu-me uma dúvida, e perguntei se Andre lhe dissera alguma coisa. Ele não respondeu, só dobrou um pouco a cabeça de lado. Não entendia o que tinha acontecido, segurei-o pelo braço, brusco, Que diabos está acontecendo? Seus olhos se encheram de lágrimas, como da outra vez, quando saía da minha casa. Parou, tremia. Vamos voltar lá, disse.

Ver Andre?

Sim.

Para fazer o quê?

Agora ele estava chorando mesmo. Demorou um pouco para se acalmar e falar.

Não aguento mais, deixe-me voltar lá, precisamos perguntar a ela e pronto, não podemos continuar assim, é idiota, eu não aguento mais.

Até podia estar com a razão — mas não ali, com todas aquelas pessoas, num funeral. Eu ficaria envergonhado. Disse a ele.

Estou pouco me lixando com o funeral deles, disse. Parecia convencido.

Disse-lhe que eu não, eu não iria. Se você quer mesmo ir, vá sozinho.

Fez que sim com a cabeça.

Mas vai fazer uma cagada, disse.

Fui embora. Pouco depois me virei para olhar, ele ainda estava lá, parado, passava o dorso da mão nos olhos.

Voltei para casa e deixei passar um tempo, depois comecei a ligar para a casa dele — mas os pais sempre diziam que ele ainda não tinha chegado. Não estava gostando daquilo, acabei tendo pensamentos ruins. Pensei em ir procurá-lo, crescia em mim a certeza de que não deveria tê-lo deixado ali, sozinho, no meio da rua. Depois imaginei que o encontrava com Andre, em algum lugar, e o constrangimento dos gestos, das palavras a dizer. Era tudo complicado. Não havia meio de me distrair, a única coisa que conseguia fazer era continuar a telefonar para sua casa, sempre me desculpando muito. Da sexta vez quem respondeu foi ele.

Cristo, Luca, nunca mais faça uma brincadeira dessas comigo.

O que há?

Nada. Você foi?

Ficou um tempo quieto. Depois disse Não.

Não?
Agora não posso explicar, né.
O.k., disse. Melhor assim. Tudo vai se ajeitar.
Eu acreditava realmente nisso. Pensei ainda em lhe dizer umas bobagens, comecei a falar dos sapatos de Bobby no funeral. Não dava para acreditar que ele tivesse *realmente* comprado aquilo. E a camisa?, disse Luca. Não sabem nem *passar* camisas como aquela, na minha casa, disse.

Mas à noite, durante o jantar, levantou-se de repente, para pôr os pratos na pia e, em vez de voltar a se sentar no aparador diante da parede, saiu para a sacada. Encostou no parapeito, onde mil vezes vira seu pai — mas de costas, os olhos na direção da cozinha. Talvez tenha olhado mais uma vez, cada coisa. Depois se deixou cair para trás, no vazio.

No Evangelho de João, e só naquele, conta-se o episódio ambíguo da morte de Lázaro. Enquanto está longe, pregando, Jesus é informado de que um amigo seu, em Betânia, está gravemente doente. Passam-se dois dias e, ao alvorecer do terceiro, Jesus diz a seus discípulos que se preparem para voltar à Judeia. Perguntam-lhe o motivo e ele responde: Nosso amigo Lázaro adormeceu, vamos acordá-lo. Assim, põe-se a caminho e, ao chegar às portas de Betânia, vê uma irmã de Lázaro, Marta, correr ao seu encontro. Quando chega diante dele, a mulher diz: Senhor, se estivesse aqui, meu irmão não teria morrido. Mais tarde, entrando na cidade, Jesus encontra outra irmã de Lázaro, Maria. Ela lhe diz: Senhor, se estivesse aqui, meu irmão não teria morrido.

* * *

Só eu sabia o porquê. Para os outros a morte de Luca foi um mistério — consequência duvidosa de causas pouco claras. Naturalmente se conhecia, sem que realmente se pronunciasse seu nome, a longa sombra do mal daquela família — o pai. Mas mesmo isso não estavam dispostos a admitir, como algo não essencial. A juventude parecia antes a raiz do mal — uma juventude que não se conseguia mais entender.

Procuravam-me, para saber. Não teriam realmente me escutado — queriam só saber se havia alguma coisa oculta, não dita. Segredos. Não estavam longe da verdade, mas tiveram que abrir mão da minha ajuda — não vi ninguém por dias a fio. Uma dureza que eu não conhecia, e até um desdém — reagi daquele modo. Meus pais estavam preocupados, os adultos em volta perturbados, os padres. Não fui ao enterro, não havia ressurreição no meu coração.

Bobby apareceu. O Santo escreveu uma carta. Não abri. Não quis ver Bobby.

Procurava apagar uma imagem, Luca com os cabelos grudados na testa, na cama de Andre, mas ela no entanto não me deixava, nem teria me deixado, é assim que me lembro dele, para sempre. Estávamos no mesmo amor, naquele momento — não fizemos outra coisa, durante anos. Sua beleza, suas lágrimas, minha força, seus passos, minhas orações — estávamos no mesmo amor. Sua música, meus livros, meus atrasos, suas tardes sozinho — estávamos no mesmo amor. O vento no rosto, o frio nas mãos, seus esquecimentos, minhas certezas, o corpo de Andre — estávamos no mesmo amor. Assim morremos juntos — e, até eu morrer, viveremos juntos.

Sobretudo, perturbava os adultos estarmos distantes e não nos procurarmos — eu, Bobby e o Santo. Queriam que ficássemos juntos, amortizando o golpe — viam-nos desengrenados. Liam nisso uma longa ferida, ou mais profunda do que gostariam de imaginar. Mas era como os pássaros depois de um disparo, cada um voando para longe, esperando o tempo de formar novamente um bando — ou até apenas manchas escuras alinhadas no mesmo fio. Cruzamo-nos somente um par de vezes. Nós é que sabíamos quanto tempo devia passar — quanto silêncio.

Mas um dia veio aquela garota que tinha sido minha namorada e eu saí com ela. Não nos víamos havia algum tempo, tudo era estranho. Agora dirigia um carro, um carro pequeno e velho que seus pais tinham lhe dado de presente de dezoito anos. Estava orgulhosa daquilo e queria que eu visse. Estava bem-arrumada, mas não como alguém que quisesse reatar ou algo assim. O cabelo preso, sapatos sem salto, normais. Fui — era bom ver os gestos que ela fazia para guiar, ainda precisos, como se fossem sugeridos por um instrutor, mas enquanto isso algo como uma mulher resvalava dentro da garota de sempre. Talvez tenha sido isso. Mas também saber que ela não tinha nada a ver com aquilo, de modo que lhe contar seria como desenhar numa folha em branco. Então foi o que fiz. Era a primeira pessoa no mundo a quem contava a história toda — Andre, Luca e eu. Ela dirigia, eu falava. Nem sempre era simples encontrar as palavras, ela esperava e eu, no fim, dizia. Ela mantinha os olhos no para-brisa e quando necessário no espelho, nunca em mim — as duas mãos na direção, as costas não muito relaxadas no encosto. A certa altura, as luzes da cidade se acenderam.

Olhou para mim só no final, quando parou na frente de casa, estacionando de frente, um pouco longe da calçada — uma coisa que meu pai não suporta. Você é louco, disse. Mas não tinha a ver com o que eu fizera, e sim com o que deveria ter feito. Vá ver Andre, disse, agora, imediatamente, pare de ter medo. Como você pode viver sem saber a verdade?

Na realidade, nós sabemos viver muito bem sem saber a verdade, sempre, mas é preciso admitir que ela tinha razão a respeito daquilo, e eu disse, assim fui obrigado a contar para ela algo que tinha omitido — custava-me contar aquilo. Disse-lhe que, de fato, tinha tentado ir ver Andre, a verdade era que a certa altura eu também pensara que tinha que ir, e tinha tentado. Alguns dias depois da morte de Luca, mais por ressentimento que para saber — por vingança. Saíra uma noite em que não aguentava mais, impelido por uma maldade desconhecida, e tinha ido em direção ao bar onde era provável que a encontrasse, àquela hora, em meio ao povo dela. Deveria ter estudado bem melhor o assunto, mas naquele momento eu achava que iria morrer se não a visse, se não lhe dissesse — assim, eu tinha que encontrá-la onde quer que estivesse, e pronto. Eu a *enfrentaria*, pensei. Só que, quando cheguei à avenida, onde do outro lado ficava o bar, com todo mundo lá fora de copo na mão, eu vi de longe seus amigos, elegantes em sua alegria um pouco entediada e, no meio deles, mas apartado, no entanto claramente no meio deles, estava o Santo. Encostado no muro, ele também com um copo na mão. Taciturno, sozinho, mas passavam diante dele e com ele trocavam frases e sorrisos. Como animais do mesmo bando. Uma garota, a certa altura, parou para falar com ele e enquanto isso ajeitava os cabelos dele para trás — e ele deixava.

Nem vi se Andre estava lá, em algum lugar. Virei-me e fui embora depressa — só tinha pavor que me vissem, não me importava mais nada. Quando cheguei em casa, eu era alguém que tinha se rendido.

Não sei por quê, mas vi o Santo ali, e já não me importava mais nada, disse.

Ela fez que sim com a cabeça e depois disse Eu vou, e ligou o carro. Queria dizer que ela iria falar com Andre, e não queria nem discutir. Desci sem dizer grande coisa e a vi partir, com a seta ligada direito e tudo — educadamente.

Já que não fiz nada para detê-la, ela voltou no dia seguinte, e tinha falado com Andre.

Disse que já estava grávida quando fez amor com vocês.

Em voz baixa, novamente sentados um ao lado do outro, naquele carrinho. Mas dessa vez sob as árvores, atrás da minha casa.

Pensei que Luca tinha morrido inutilmente.

Pensei também na criança, no ventre de Andre, no meu sexo dentro dela, e naquelas coisas todas. De que proximidades misteriosas somos capazes, homens e mulheres.

E, enfim, me lembrei de que tudo tinha acabado e que eu não era mais um pai.

Por isso fiz algo que nunca faço — eu não choro, não sei por quê.

Ela me deixou sossegado, sem fazer um gesto ou dizer

uma palavra, remexia na alavanca dos faróis altos, mas devagar.

Por fim perguntei se Andre tinha dito alguma coisa sobre Luca — se ao menos lhe ocorrera que ela tinha algo a ver com aquele voo.

Começou a rir, ela disse.

A rir?

Se o problema era esse, ele teria vindo falar comigo, disse.

Pensei que Andre não sabia nada de Luca e que não tinha aprendido nada sobre nós.

Pelo contrário, Andre tem razão, disse então minha namorada, Luca não pode ter se matado por isso, só você pode pensar algo assim.

Por quê?

Porque você é cego.

Ou seja?

Meneou a cabeça — não tinha vontade de falar sobre isso.

Aproximei-me e fui beijá-la. Pôs uma mão no meu ombro, mantendo-me à distância.

Só um beijo, eu disse.

Vá, respondeu.

Decidi então recomeçar. Comecei a pensar para trás, à procura de um último momento firme antes que tudo se complicasse — a ideia era recomeçar dali. Tinha em mente a passagem do camponês que volta aos campos, depois da tempestade. Era apenas questão de encontrar o ponto em que tinha interrompido a semeadura, com as primeiras pedras de granizo.

Raciocinava assim porque nos momentos de confusão recorremos habitualmente ao imaginário camponês — e isso embora ninguém, em nossas famílias, tenha algum dia trabalhado na terra, que se saiba. Somos descendentes de artesãos e comerciantes, padres e funcionários, e mesmo assim herdamos a sabedoria do campo, apropriando-nos dela. Assim, acreditamos no rito fundador da semeadura e vivemos confiantes no caráter cíclico de tudo, bem sintetizado pela passagem circular das estações. Do arado aprendemos o sentido último de qualquer violência e, dos camponeses, o truque da paciência. Acreditamos cegamente na equação entre fadiga e colheita. É uma espécie de vocabulário simbólico — que nos é legado de maneira misteriosa.

Desse modo pensei em recomeçar, porque não conhecemos outro instinto, diante das borrascas da sorte — o passo teimoso e tolo do camponês.

Por algum lugar eu tinha que recomeçar a trabalhar a terra e afinal decidi pelas larvas, lá no hospital. Era a última coisa firme de que me lembrava — nós quatro visitando as larvas. Entrar e sair daquele hospital. Não ia lá havia muito tempo. Pode ter certeza de que lá vai encontrar tudo como antes, não importa o que te aconteceu enquanto você não estava lá. Talvez os rostos e os corpos sejam diferentes — mas o sofrimento e o esquecimento são os mesmos. As freiras não fazem perguntas, e sempre te recebem como a um presente. Passam a seu lado, atarefadas, e então tocamos juntos um refrão que nos é caro — Louvado seja Nosso Senhor Jesus Cristo, Para sempre seja louvado.

De início, pareceu-me tudo um pouco difícil — os gestos, as palavras. Contavam-me quem tinha ido embora, eu dava a mão aos novos. O trabalho era sempre o mesmo, as bolsas cheias de urina. A certa altura um dos velhos me viu, lembrava-se de mim, pôs-se a esganiçar em voz alta, queria saber onde raios tínhamos ido parar, eu e os outros. Vocês sumiram, disse quando cheguei perto dele. Protestava.

Puxei uma cadeira para perto da cama e me sentei. A comida é um nojo, ele disse, resumindo. Perguntou se eu tinha levado alguma coisa. Às vezes conseguíamos contrabandear algo para comer — a primeira uva, chocolates. Até cigarros, mas isso era coisa do Santo, nós não nos atrevíamos. As freiras sabiam.

Eu disse que não tinha nada para ele. São dias complicados, algumas coisas deram errado, falei, para explicar.

Olhou-me espantado. Há um bom tempo, esses doentes deixaram de pensar que as coisas podem dar errado para os outros também.

Que diabos você está dizendo?

Nada.

Ah, bom.

Trabalhara num posto de gasolina, quando era jovem e tudo dava certo para ele. Tinha até sido presidente de um timeco de futebol do seu bairro, por certo período. Lembrava-se de um três a dois de virada, e de um campeonato ganho nos pênaltis. Depois tinha brigado.

Perguntou-me onde tinha ido parar o ruivo. Ele me fazia rir, disse.

Falava de Bobby.

Não veio mais?, perguntei.

Ele? Ninguém mais o viu. Era o único que me fazia rir.

De fato, Bobby sabe lidar com eles, tira sarro da cara deles o tempo todo, algo que os deixa de bom humor. Para tirar o cateter é um desastre, mas ninguém parece se importar muito. Se alguém mija sangue, gosta que um garoto crave os olhos no seu pau e lhe diga, Cristo, será que o senhor gostaria de trocar com o meu?

Nem se despediu, disse o velho, foi embora e, valha-me, ninguém mais o viu por essas bandas. Onde vocês o esconderam? Ele estava bravo com essa história de Bobby.

Não pode vir, disse.

Ah, não?

Não. Está com problemas.

Olhou-me como se fosse minha culpa.

Tipo?

Eu estava sentado lá, naquela cadeira de ferro, debruçado sobre ele, os cotovelos encostados nos joelhos.

Está usando drogas, disse.

Que diabos você está dizendo?

Droga. Sabe o que é?

Claro que sei.

Bobby está usando drogas, por isso não vem mais.

Se eu tivesse dito que ele tinha que se levantar imediatamente e ir embora, levando suas coisas, incluindo a bolsa cheia de mijo, teria feito a mesma cara.

Mas que diabos você está dizendo?, repetiu.

A verdade, eu disse. Não pode vir, porque neste momento está em algum lugar derretendo um pó marrom numa colher aquecida pela chama de um isqueiro. Depois aspira o líquido numa seringa e amarra o antebraço com um cordão hemostático. Enfia a agulha na veia e injeta o líquido.

O velho me observava. Apontei a veia, na dobra do seu braço.

Enquanto joga fora a seringa, a droga corre com o sangue. Quando alcança o cérebro, Bobby sente o maldito nó se desfazer, e outras coisas que não sei. O efeito dura um pouco. Se você o encontra naqueles momentos, fala como um bêbado e pouco entende. Diz coisas em que não acredita.

O velho fez sinal que sim.

Pouco depois o efeito acaba, acontece vagarosamente. Então, Bobby pensa que tem que parar. Mas logo em seguida o corpo volta a pedir aquilo, então ele procura dinheiro para comprar mais. Se não encontra, começa a passar mal. Tão mal que o senhor, nesta cama, nem imagina. Eis por que ele não pode vir aqui. Mal consegue ir para a escola. Eu o vejo só quando precisa de dinheiro. Por isso não espere vê-lo chegar, conforme-se, nada de risadas por um tempo. Entendeu?

Fez sinal que sim com a cabeça. Tinha uma daquelas caras estranhas, em que parece que algo está faltando. Como os sujeitos que tiram o bigode por causa de uma aposta.

Vamos esvaziar essa bolsa?, eu disse, puxando as cobertas. Dobrei-me sobre o tubinho de sempre. Ele começou a resmungar.

Mas que espécie de pessoas são vocês?, disse entre os dentes.

Desconectei o tubinho pequeno daquele maior, tomando cuidado.

Vocês se drogam, vêm aqui para bancar os bons moços e depois se drogam, cacete.

Resmungava, mas aos poucos começou a levantar a voz. Você pode me dizer quem raios pensam que são? Eu tinha soltado a bolsa da beira da cama. A urina estava escura, pelo sangue que se depositara no fundo. Estou falando com você, quem raios vocês pensam que são? Eu estava ali, em pé, com aquela bolsa na mão. Temos dezoito anos, disse, e somos tudo. Quando estava lá fora, esvaziando a bolsa na privada, ouvia-o gritando. Mas que merda significa isso? Vocês são uns viciados, é o que são, vêm aqui bancar os bons moços, mas são uns viciados! Gritava que podíamos ficar em casa, que eles não queriam drogados ali dentro. Tomou a coisa como uma desfeita pessoal.

Mas antes de acabar e ir embora também fui ver um novo, pequenininho, que parecia ter fugido dentro do seu corpo, para algum lugar em que, talvez, se sentisse seguro. Quando tinha arrumado tudo, a bolsa vazia e limpa enganchada na beira da cama, passei a mão nos seus cabelos, que eram ralos e brancos — os últimos. Ele se ergueu um pouco, abriu a gaveta do seu criado-mudo metálico e de uma carteira reluzente puxou quinhentas liras. Tome, você é um bom rapaz. Eu não queria pegar, mas ele insistia. Disse: Fique com a nota, compre algo legal. Nem pensava nisso, em pegar, mas depois me ocorreu a imagem dele fazendo o mesmo gesto para um netinho, um filho, não sei, um garoto, ocorreu-me que era um gesto que fizera tantas vezes, para alguém de quem gostava. Quem quer que fosse, não estava lá. Ali só estava eu.

Obrigado, disse.

Depois, quando saí, estava tentando entender se voltava aquela sensação de firmeza que eu sempre experimentava ao descer as escadas do hospital, mas não deu tempo de entender nada, porque no final das escadas vi o pai de Luca, em pé, elegante — esperava exatamente por mim.

Procurei você em casa, disse, mas me explicaram que você estava aqui.

Estendeu-me a mão, eu a apertei.

Perguntou-me se eu queria dar uma volta com ele.

Eu empurrava a bicicleta, ele tinha a pasta de trabalho nas mãos. Andando. Havia tempos que eu estava com aquele sapo na garganta, de modo que quase de cara lhe disse que sentia muito não ter ido ao enterro de Luca. Fez um gesto no ar, como para espantar algo. Disse que eu tinha feito certo, e que ir para ele fora uma verdadeira tortura — não suportava, de fato, quando as pessoas "exibem as próprias emoções". Queriam que eu falasse alguma coisa, disse, mas me recusei. O que há para dizer?, acrescentou. Então, depois de certo silêncio, me contou que o Santo, ao contrário, fora dizer alguma coisa, tinha ido ao microfone e com uma pacatez sem rendição falara de Luca e de nós. O pai de Luca não lembrava exatamente o que ele falou, pois, me disse, não queria se emocionar ali, na frente de todo mundo, e então tinha se agarrado a certos outros pensamentos, procurando não escutar. Mas se lembrava bem que o Santo era magnífico, ali, no microfone, solene e antigo. No fim dissera que Luca tinha levado embora toda morte e, agora, para nós teria ficado o dom puro de viver na luz deslumbrante da fé. Toda morte e todo medo, especificou o pai de Luca, lembro-me de que usou essas palavras, toda morte e todo medo Luca levou embora. Aquela frase ele tinha ouvido e se lembrava bem dela.

Garoto esquisito, disse.

Eu não falei nada, estava pensando naquela vez, na sua casa, da história da oração à mesa.

Andamos um pouco em silêncio, ou falando de coisa alguma. Havia, naturalmente, o assunto dos motivos de Luca a ser enfrentado, e ficamos evitando um tanto. Enfim ele chegou lá pelo caminho principal — perguntando de Andre.

É uma garota especial, não é?, perguntou.

É sim.

Ela veio no enterro, foi gentil, disse. Na saída, acrescentou, Bobby estava sentado num degrau, chorando. Ela se aproximou, pegou-o pela mão, fez com que se levantasse e o levou embora. Impressionou-me porque caminhava ereta, e caminhava também por ele. Não sei. Parecia uma rainha.

Ela é?, perguntou.

Eu sorri. Sim, é uma rainha.

Disse-me que era um jeito de eles falarem, quando eram jovens. Havia garotas que eram rainhas.

Depois me perguntou o que havia entre ela e Luca.

O que ele sabia era que Luca estava apaixonado. Não que falasse sobre isso em casa, mas ele tinha entendido por causa de algumas coisas — e da falação dos outros, depois. Também sabia que Andre esperava um bebê. Escutara cada uma naquela semana, e uma delas era que aquela criança tinha a ver com Luca. Mas não sabia dizer direito em que sentido. Estava se perguntando se eu podia ajudá-lo a entender.

Não se matou por isso, eu disse.

Não era exatamente o que eu pensava, mas o que ele deveria pensar. O resto ele deveria apreender sozinho.

Ele esperava. Insistiu ainda para saber se aquela criança podia ser de Luca, aquela história o atormentava.

Não, eu disse, não é dele.

Na realidade eu teria gostado de fazer um pouco de suspense, mas deixei para lá por causa de Luca, eu devia isso a ele, ele não faria aquilo com seu pai, definitivamente.

Assim disse que não, não era dele.

Era a resposta pela qual viera me procurar. Alguma coisa se desmanchou nele, então, e por todo o caminho foi um homem diferente, que eu nunca tinha visto. Começou a me contar de quando ele e sua mulher eram jovens. Fazia questão de que eu entendesse que haviam sido felizes. Ninguém queria que se casassem, em suas famílias, mas eles queriam muito e mesmo quando, por um instante, tinham desistido, ele nunca deixara de saber que conseguiriam, e assim foi. Vínhamos, os dois, de famílias horríveis, disse, e o único tempo que não era repulsivo era aquele que passávamos juntos. Disse que havia um montão de moralismos, naquela época, mas sua vontade de fugir era tamanha que tinham começado a fazer amor sempre que podiam, às escondidas de todos. Fui salvo pela enorme beleza dela, uma beleza limpa, a mesma de Luca, disse. Depois deve ter percebido que aquele tipo de confissão me deixava sem graça — interrompeu. A vida sexual dos nossos pais é, de fato, uma das poucas coisas das quais não queremos saber nada. Gostamos de pensar que não existe e que nunca existiu. Não saberíamos sinceramente onde encaixá-la, na ideia que fizemos deles. Assim, passou a contar dos primeiros tempos de casados, e de quanto tinham rido, naqueles anos. Já não o escutava direito. Em geral, são histórias sempre iguais, todos os nossos pais foram felizes, quando jovens. Esperava antes ouvir quando tudo aquilo tinha emperrado, quando começara a miséria educada que, ao contrário, conhecíamos. Talvez quisesse saber por que a certa altura tinham *adoecido*. Mas não falou daquilo. Ou talvez sim, mas de um modo não claro. Voltei a escutar direito quando me disse, com um tom até simpático, que sua mulher estava tão mudada, desde a morte de Luca, era evidente que o culpava pela coisa, que não o perdoara. Ela me faz passar um mau bocado, disse. Às vezes volto para casa e ela nem preparou o jantar. Estou me acostumando a abrir latas. Congelados. O minestrone congelado não é ruim, disse. Você deveria experimentar. Tentava ser simpático.

    A certa altura parou, dobrou uma perna e apoiou nela a pasta, para abri-la. Pensei em trazer isso para você. Tirou algumas folhas da pasta. Acho que são canções, escritas por Luca, que encontramos no meio das coisas dele. Tenho certeza de que ele teria gostado de deixá-las para você.

    Eram realmente canções. Ou poesias, contudo mais provavelmente canções, porque havia acordes ao lado, às vezes. Mas a melodia, Luca a tinha levado embora consigo para sempre.

Obrigado, eu disse.

De quê?

Quando chegamos diante da minha casa, só restava se despedir. Mas eu tinha a estranha impressão de que não havíamos dito nada um ao outro. Então, antes de procurar um jeito de me despedir, indaguei se podia perguntar-lhe algo.

Claro, disse. Àquela altura estava seguro de si.

Uma vez Luca me disse que durante o jantar, na sua casa, o senhor, de vez em quando, se levanta e sai para a sacada. Disse-me que o senhor fica ali, encostado no parapeito, olhando para baixo, é verdade?

Ele me olhou um tanto espantado.

Pode ser, disse. Sim, é possível.

Durante o jantar, repeti.

Continuava me olhando com espanto. Sim, é possível que tenha ocorrido. Por quê?

Porque gostaria de saber se, quando fica ali, olhando para baixo, lhe passa pela cabeça se jogar. Matar-se daquele modo, quero dizer.

Era incrível, mas sorriu. Alargando os braços. Levou certo tempo para que ele achasse as palavras.

É só que olhar as coisas lá do alto me deixa relaxado, disse, sempre fazia isso quando criança. Morávamos no terceiro andar e eu ficava horas à janela, vendo os carros passarem, parar no semáforo e ir embora. Não sei por quê. É uma coisa que me dá prazer. É uma coisa de criança.

Disse isso com uma voz simpática, e até vi no seu rosto algo que nunca vira antes, alguma coisa da criança que ele tinha sido, havia um montão de tempo.

Como pode lhe passar pela cabeça uma coisa dessas?, perguntou-me, mas com doçura — ele, com doçura.

Nada, disse. Estava pensando que se havia uma verdade, naquela história, nem ele sabia mais. Estava pensando que não temos a menor possibilidade de entender nada, de coisa alguma, em momento nenhum. Dos nossos pais, dos nossos filhos — talvez de tudo.

Ao se despedir, apertou-me em seus braços, com a pasta do escritório batendo nas minhas costas. Eu fiquei bem retesado, naquele abraço. De modo que ele deu um passo para trás e me estendeu a mão.

Copiava o gesto, mas do camponês me faltava a sabedoria — o olho experiente que entende o céu e mede seu descontentamento.

Passado algum tempo, não me lembro quanto, apareceu nos jornais a notícia de que o corpo de um travesti tinha sido encontrado, ao amanhecer, fora da cidade, enterrado apressadamente, nas margens de um rio. O homem tinha sido morto com um tiro de revólver na nuca. A morte remontava a quarenta e oito horas. O travesti tinha nome e sobrenome, que apareciam no artigo. Mas também se dizia que seu nome era Sylvie. De Sylvie Vartan.

A notícia me impressionou, porque nós o conhecíamos.

É difícil lembrar quando — mas começamos a zanzar em volta das putas, à noite, ligeiros em nossas bicicletas. De início nos surpreendiam, irresistíveis, no caminho de casa, de volta do oratório ou de uma reunião. Mas depois começamos a ficar até tarde, esperando a hora em que elas aparecem, nas esquinas das ruas. Ou voltamos e tornamos a passar até elas aparecerem do nada — quando se apaga a vida da cidade. Gostamos de algo que não sabemos explicar, mas que fique claro que nunca nos passaria pela cabeça pagá-las — nenhum de nós tem dinheiro para isso. Logo, não somos impelidos pela ideia de estar com elas — gostamos é de pedalar até alguns metros de distância e depois nos levantarmos nos pedais, e passar diante delas com uma boa arrancada, altos sobre nossas pernas e leves no zumbido da roda levantada. Fazemos tudo isso sem a menor cautela, na convicção de sermos invisíveis — estamos num mundo paralelo que nem nós mesmos percebemos. Acontece, às vezes, de passarmos durante o dia pelos mesmos cantos da rua, quase não os reconhecemos. É outra cidade, a nossa noturna.

Passamos diante delas, portanto, e no fim muitas vezes nem viramos para olhá-las. Mas quem sabe voltamos para trás, depois, e do outro lado da rua, de mais longe, as olhamos — as botas, as coxas, aqueles seios.

Elas deixam. Somos como borboletas noturnas. Aparecemos de vez em quando.

Mas um dia Bobby parou bem diante delas, encostando um pé no chão. Me dá um beijo?, pediu com aquela sua cara desaforada. Ela começou a rir. Tinha a idade das nossas mães e outro jeito de se portar. Dali em diante, começamos a ficar mais abusados. Não Luca e eu, que seguimos. Mas Bobby. E o Santo, com aquele seu jeito peculiar — e como se há muito tempo o tivesse guardado. Ficamos ali conversando, mas rapidamente, para não afastar os clientes.

Inventamos de levar uma cerveja, de vez em quando, para as que achamos simpáticas. Ou doces. Para duas em particular, que fazem ponto na mesma esquina, numa alameda com pouca luz. Acabaram simpatizando conosco. A casa delas foi a primeira em que fomos parar. Mas estivemos em outras, depois. É que às vezes ficam cheias, em noites sem trabalho, e nos chamam para subir com elas. Em suas pequenas casas sem nomes na campainha. Frequentemente, há lâmpadas incríveis — o rádio sempre ligado, mesmo antes de entrar, enquanto enfiam a chave na fechadura. Sobe-se a pé, pois os inquilinos não gostam que se use o elevador — nas escadas e depois no patamar há um tempo longo, o único em que o medo de sermos descobertos toma conta de nós. Talvez por isso elas procurem por muito tempo as chaves na bolsa, brincando. Sobem as escadas tirando os sapatos de salto ou as botas, para não fazer barulho.

    Então, começamos como borboletas, e depois se tornou alguma coisa. Faz parte de cada um de nós, e temos medo de pensar quão profundamente — enquanto, sob os olhos de todos, voltamos a edificar o Reino, em disciplina e pureza. Que laceração conhecemos, entre nossa vida e nossas putas, segredo. Ninguém sabe de nada, e não contamos isso nem em confissão. Não teríamos palavras para pronunciá-lo. Pode ser que durante o dia isso origine um reflexo de vergonha e de desgosto, legível em certa tristeza que carregamos por dentro — como vasos imperfeitos conscientes de uma trinca escondida. Mas nem sequer temos certeza, de tão sólida que nos parece a divisão entre nossa vida e aquelas aventuras noturnas, que nenhum de nós acredita viver *realmente*. Exceto, talvez, o Santo, que com efeito fica naquelas casas quando nós vamos embora — não queremos voltar a altas horas da noite, que não saberíamos explicar. Um cuidado que ele deixou de ter, até ficar fora noites inteiras. Dias, às vezes. Mas para ele é uma coisa diferente, o respiro de uma vocação que nós não temos, nós paramos na brincadeira. Enquanto para ele aquilo é o rastro do caminho que vai ao encontro dos demônios.

Conhecemos Sylvie daquele jeito. Não gostamos da ideia de travestis, é algo forçado, que não entendemos, mas descobrimos logo que neles há uma alegria peculiar, e um desespero, que torna tudo mais fácil — resulta daí uma proximidade ilógica. Temos em comum essa espera infantil de uma terra prometida, e partilhamos com eles a vontade de procurá-la sem o mínimo pudor. Assim, em seus corpos escrevem que são tudo — a mesma coisa que se lê em nossas almas. Além disso, exibem uma força curiosa, que se sustenta no nada, e por isso é semelhante à nossa. Materializam-na numa beleza insolente, e na forma de luz, que se percebe claramente quando você chega de bicicleta ao seu canto de rua, na noite em que não estão, então os carros passam ao longe, sem história, e o semáforo lista um tempo sem paixão — as vitrines das lojas, cegas, refletem escuridão. Sylvie sabia disso, e essa era sua vida, que nos explicava, quando tirava os sapatos de salto e preparava o café. De dia não existia. Nunca acariciei o sexo de um homem, mas o dela sim, enquanto ela me dizia como, e Bobby ria. Sem saber o quanto apertar, até ela me dizer que eu realmente não tinha jeito, levantando-se do sofá e puxando de volta a calcinha de renda, depois rebolando em direção à cozinha. Tinha clientes importantes, e com o dinheiro traria para o Norte seu irmão do Sul — era o primeiro dos seus sonhos. Depois muitos outros, que contava cada vez de um jeito diferente — terras prometidas. Vamos, venha aqui, dizia. A voz rouca.

Acharam um carro, alguns quilômetros a montante, onde o rio ficava mais largo. Sujo de sangue. Alguém tinha tentado fazê-lo escorregar na água, depois o deixara ali. Procuraram o proprietário, disse que o roubaram dele. Era um rapaz de boa família, um daqueles que vimos sair muitas vezes com a turma de Andre. Repetiu que o carro tinha sido roubado, depois se afligiu e começou a lembrar a verdade, aos poucos. Contou que eram três, ele e mais dois amigos, e tinham apanhado Sylvie para levá-la a uma festa. Ele dirigia, tinha parado na frente dela e perguntara se queria se divertir um pouco com eles. Ela tinha confiado, conhecia todos. Assim, entrou, sentou-se no banco da frente e foram embora todos juntos. Não estavam drogados nem bêbados. Riam e estavam contentes. Os dois amigos sentados no banco de trás a certa altura tinham puxado um revólver, e isso deixara a todos meio excitados. A arma passou pelas mãos de todos, até Sylvie a pegara — segurou-a com dois dedos e fingia ter nojo. No fim os dois de trás o tomaram de volta e brincavam de atirar nas pessoas, da janela do carro. Li seus nomes no jornal, sem emoção, e o do Santo era o primeiro. Eu só pensei, absurdamente, em como estava escrito com letra pequena, entre todas aquelas palavras, uma das tantas, e era seu nome. Já na escola, onde o chamavam por seu nome verdadeiro e sobrenome, sempre me parecia vê-lo nu, até humilhado, porque, ao contrário, ele era o Santo, como nós bem sabíamos. Ali no jornal, aliás, ele estava nu, entre tantos outros nomes — já prisioneiro. O rapaz sentado ao lado dele, no carro, era outro amigo de Andre, um mais velho. Interrogado, admitira que estivera lá, no carro, naquela noite, mas jurara que não fora ele a atirar. Depois tinha ajudado a enterrar o cadáver e a empurrar o carro na água. Qualquer um teria feito aquilo, disse, para ajudar os amigos. Quanto ao Santo, o jornal dizia que não tinha pronunciado uma só palavra, desde que o tinham levado da sua casa — assim, eu compreendi que ainda estava vivo, que ainda era ele. Sabia que dispunha de um modelo comportamental preciso e o estava aplicando lucidamente. Do Getsêmani ao Calvário, o Mestre fixara as regras imutáveis — cada cordeiro pode dispor delas na hora do sacrifício. É um protocolo do martírio que, com um termo que se pensarmos bem é sublime, nós chamamos *Paixão* — uma palavra que para todo o resto do mundo significa desejo. Com base em cuidadosas perícias balísticas, a polícia conseguiu formar uma ideia bastante precisa da dinâmica dos fatos. Quem tinha disparado, quem antes encostara o cano na nuca de Sylvie, e depois apertara o gatilho. Não parecia um tiro disparado por acaso. Averiguou-se que era o revólver do Santo. Nenhum motivo, escreviam os jornais — o tédio.

Recortei o artigo, queria guardá-lo. Terminara tudo, pensei — na infinita vergonha do melhor entre nós. A longa viagem que nossa imobilidade escondia, agora eu a via debaixo do olhar de todos, segredo que se tornou notícia, e transformado em escândalo. Como a morte de Luca, ou a droga de Bobby, também a cadeia do Santo seria passada de mão em mão, objeto incompreensível — uma chaga lançada do alto, sem lógica, sem razão. Todavia eu sabia que era uma trégua, o rebento esperado de uma floração perene — estava registrado na minha frieza, que ninguém entenderia. E em cada ação, que ninguém decifraria. O telefone tocou o dia inteiro, naquele dia — à noite tocou e era Andre. Nunca tinha me ligado antes. Era a última coisa que eu podia esperar. Desculpou-se, disse que teria preferido me encontrar, mas não a deixavam sair, estava na clínica, prestes a ter o menino. A menina, corrigiu-se. Queria perguntar se eu sabia algo daquela história que estava nos jornais. Eu tinha certeza de que ela sabia mais que eu, era um telefonema estranho. Disse-lhe que eu pouco sabia. E que era uma coisa horrível. Mas ela continuou a perguntar — não parecia se importar muito com seus amigos, me perguntava sobre o Santo. Com frases fragmentadas, que se perdiam. Disse-me que não podia ter sido ele. Mas não conseguirão fazer com que confesse, eu disse. Ficou em silêncio. É só uma bobagem, ela disse, não será tão tolo a ponto de arruinar sua vida por uma bobagem. Ria, mas sem muita convicção. Pensei que só os ricos podem chamar de bobagem um projétil deliberadamente disparado no crânio de outro ser humano. Só você pode chamar isso de bobagem, disse. Ficou em silêncio por um bom tempo. Talvez, disse. Tentei me despedir, mas ela continuava ali. E no fim me disse por favor. Vá falar com ele, por favor. Diga que conversou comigo. Diga isso. Que conversou comigo. Por favor. Não parecia Andre. A voz era a sua, a inflexão também, mas não as palavras. Falo, prometi. Acrescentei alguma coisa sobre a menina, que tudo correria bem. Sim, ela disse. Nos despedimos. Um beijo, ela disse. Desliguei.

Depois fiquei pensando. Estava tentando entender o que ela havia me dito *realmente*. Sentia que não tinha me procurado para fazer perguntas, não era seu estilo, e nem pedir um favor, não sabia fazer isso. Tinha telefonado para dizer alguma coisa só para mim, que só a mim podia dizer. Tinha feito aquilo do mesmo modo com que se movia na vida, aquela elegância, de suportes não naturais e gestos esboçados. Tinha feito aquilo com beleza. Repeti suas frases — lembrava-me uma urgência oculta, no tom, e a paciência dos silêncios. Era como um desenho. Quando o decifrei, compreendi com certeza absoluta que o Santo era o pai da sua menina — algo que eu soubera desde sempre, mas desse nosso modo de nunca saber.

Não consegui ir antes — fui ver o Santo algumas semanas mais tarde.

Ao subir os corredores que me levavam à sala de visitas, primeira vez numa prisão, não tinha curiosidade por nada, os tetos altos, as grades — importava-me apenas falar com ele. Pensava no fim de toda geografia que tínhamos imaginado, o decair das distâncias, a dissolução de qualquer fronteira — nós e eles. E se saberíamos nos orientar nesse infinito diferente, dos postos avançados da desgraça em que a tempestade nos lançara. Com a preocupação de perguntar a ele, e a certeza de que ele sabia. O resto me incomodava e só, os procedimentos, as pessoas. Os uniformes, os rostos maus.

Você veio, disse.

A não ser pela vestimenta estranha, era ele. Um macacão esportivo daqueles que ele nunca vestia. Os cabelos curtos, mas ainda a barba de monge. Parecia ter engordado um pouco, paradoxalmente.

Tinha que lhe perguntar o que acontecera — não naquele carro ou com Andre, não tinha importância. O que acontecera *conosco*. Eu sabia, mas não com suas palavras, com sua certeza. Queria que ele me lembrasse o porquê daquele horror.

Não é um horror, disse.

Perguntou-me se tinha recebido sua carta. Aquela carta que ele me mandara depois da morte de Luca. Nem tinha aberto, mas depois abri. Tinha me deixado furioso. Não era nem sequer uma carta. Tinha só a foto de um quadro.

Você me mandou uma Nossa Senhora, Santo, que serventia tem para mim uma Nossa Senhora?

Ele resmungou alguma coisa, ficou nervoso. Depois disse que, com efeito, deveria ter me explicado direito, mas não tinha tido tempo, naqueles dias aconteceram coisas demais. Perguntou-me se, de todo modo, eu a guardara, ou o quê.

Sei lá.

Faça-me um favor, procure-a, disse. Se você não achar, eu te mando outra.

Prometi que a procuraria. Pareceu aliviado. Não pensava que conseguiria realmente se explicar, sem aquela Nossa Senhora.

Descobri-a na casa de Andre, ele disse, dentro de um livro. Mas nem tentei explicar-lhe, sabe como ela é.

Eu não disse nada.

Você falou com ela?, ele me perguntou.

Falei.

O que ela disse?

Que não acredita que tenha sido você. Ninguém acredita.

Fez um gesto vago no ar.

Acrescentei que Andre estava na clínica quando tinha falado com ela, e ela sentia muito porque teria gostado de visitá-lo, mas não podia.

Fez que sim com a cabeça.

Você quer mandar algum recado?, perguntei.

Não, disse o Santo. Deixa para lá.

Pensou um pouco.

Aliás, diga que eu — mas depois não disse nada.

Que tudo está certo, assim, acrescentou.

Não poderia jurar, mas sua voz tinha se embargado, junto com um gesto de nervoso, a mão improvisamente levantada.

Da menina — nem uma palavra.

Aquelas visitas tinham hora para acabar, e um guarda era responsável de controlar o horário. Estranho ofício.

Assim, começamos a falar depressa — como se nos perseguissem. Disse-lhe que não sabia por onde recomeçar — e que agora eu tornaria a costurar cada coisa rasgada por eles, mas sabe-se lá com que fio. Eu me perguntava o que tinha sobrevivido àquela repentina aceleração da nossa vagarosidade, e ele compreendeu que eu não conseguia escolher os gestos, não me lembrava mais quais eram os nossos, e quais os deles. Falei depressa das larvas, mas também do silêncio das igrejas e das páginas do Evangelho folheadas, à procura de uma para mim. Perguntei-lhe se ele nunca tinha

dúvidas de que havíamos ousado excessivamente, sem ter a humildade de esperar — e se havia um passo, para a edificação do Reino, que nós não tínhamos entendido. Procurei nele uma nostalgia — aquela que eu tinha.
Depois eu disse tudo em uma frase.
Eu gostava de como era antes — antes de Andre.
O Santo sorriu.
Explicou-me, então, com sua voz mais bonita — é um velho, naquela voz.
Disse-me os nomes, e as geometrias.
Cada pegada, e todo o caminho.
Até que o guarda deu uns passos à frente e nos comunicou que tinha acabado — mas sem maldade. Neutro.
Levantei-me e pus a cadeira no lugar.
Despedimo-nos, um gesto e algo sussurrado baixinho.
Depois, de costas, sem nos voltarmos.
Fiquei com sua certeza na cabeça — *não é um horror*.
O que é, então — pensava.

Para que entrasse no envelope, o Santo dobrou a Nossa Senhora em quatro, mas com simetria, as bordas alinhadas. É a página de um livro, daqueles livros de arte grandes, em papel cuchê. De um lado há só texto, do outro, a Nossa Senhora — com o Menino. É importante dizer que um único olhar pode abrangê-la por inteiro — uma letra do alfabeto. Embora sejam muitas as coisas distintas que estão no quadro, boca, mãos, olhos — e duas coisas mais distintas que outras, a mãe e o menino. Mas soltas numa imagem que é claramente uma, e única. Ao redor dela, preto.

É uma virgem — convém lembrar.

A virgindade da mãe de Jesus é um dogma estabelecido pelo Concílio de Constantinopla de 553, então é matéria de fé. Em particular, a Igreja católica, portanto nós, acredita que a virgindade de Maria deva ser considerada perpétua — isto é, efetiva antes, durante e depois do parto. Portanto esse quadro retrata uma mãe virgem e seu filho.

É preciso dizer que o faz como se infinitas mães virgens de infinitos filhos tivessem sido chamadas ali, pela distância em que habitavam, para confluir numa possibilidade única, esquecidas das diferenças e singularidades negligenciáveis — chamadas a um único estar, de intensidade sintetizadora. Toda mãe virgem e todo filho, portanto — isso também é importante. Em um gesto doce da Nossa Senhora, por exemplo, condensa-se a memória de *toda* doçura materna — inclina a cabeça de lado, sua têmpora toca a do Menino, passa a vida, pulsa o sangue — na tepidez.

O Menino está de olhos fechados e a boca aberta — agonia, profecia de morte ou apenas fome. A mãe virgem segura o queixo dele com dois dedos — uma moldura. Brancos os cueiros do menino, púrpura a veste da mãe virgem — negro o véu, que desce sobre os dois.

A imobilidade é total. Não há peso que deva cair, ou prega fixada em algum derramar-se, ou gesto a ser levado a termo. Não há tempo interrompido, não há corte entre um antes e um depois — é *sempre*.

No rosto da mãe virgem, uma mão não vista afastou toda expressão possível, deixando um signo que significa apenas a si mesmo.

Um ícone.

Se a fitar por muito tempo, gradualmente o olhar se abisma nela, acompanhando um traço que parece obrigatório — quase uma hipnose. Assim se desmancha qualquer detalhe e por fim a pupila não tem mais movimento, na visão, mas fica firme num único ponto, onde vê tudo — o quadro inteiro, e todo mundo convocado ali.

Aquele ponto é onde estão os olhos. No rosto da Nossa Senhora, os olhos. Era norma de beleza que não expressassem nada. Vazios — com efeito, não olham, mas são feitos para receber o olhar. São o coração cego do mundo.

Quanta mestria deve ter sido necessária para obter tudo isso. Quantos erros antes de obter aquela perfeição. Transmitiram o trabalho ao longo de gerações, sem nunca perder a confiança de saber fazê-lo, mais cedo ou mais tarde. Que urgência os impulsionava, por que tanto cuidado? Que promessa mantinham? O que devia ser salvo, para os filhos dos filhos, no trabalho das suas mãos?

A ambição que aprendemos — eis o quê. Uma mensagem secreta, escondida no verso do culto e da doutrina. A memória de uma *mãe virgem*. Impossível divindade em que se repousava, aplacado, tudo aquilo que na experiência humana conheciam como tormento e dilaceração. Nela adoravam a ideia que numa única beleza pudesse recompor-se todo contrário, e todos os opostos. Sabiam que no sagrado é o que se aprende, a unidade oculta dos extremos, e a capacidade que temos de evocá-la num único gesto, acabado — seja ele um quadro ou uma vida inteira. Virgem e mãe — chegaram a imaginá-la como repouso e perfeição. Não se acalmaram até vê-la, gerada por sua mestria.

Assim, a promessa foi mantida, e os filhos dos filhos

receberam em herança coragem e loucura. Mais do que qualquer inclinação moral, e no avesso de todas as doutrinas, o que recebemos da nossa formação religiosa foi, antes de tudo, um modelo formal — um modelo obsessivamente repetido na violência das imagens que nos narravam a boa-nova. A mesma unidade insana da Virgem mãe reside no êxtase dos mártires, e em cada apocalipse, que é o início dos tempos, e no mistério dos demônios, que eram anjos. Da maneira mais elevada, e canalha, mora em nosso último e definitivo ícone aquele de Cristo pregado na cruz — recomposição de extremos vertiginosos, pai filho espírito santo, num único cadáver que é Deus e não é. Da aporia por excelência fizemos um fetiche — somos os únicos a adorar um deus morto. E então como podíamos deixar de aprender, em primeiro lugar, essa capacidade do impossível — e a ambição a preencher qualquer distância? Assim, enquanto nos ensinavam o bom caminho, nós já éramos teias de veredas, e qualquer lugar era nossa meta.

Não disseram que era tão difícil. Então esboçamos Nossas Senhoras imperfeitas, surpresos por não encontrar aqueles olhos vazios — mas, ao contrário, dor e remorso. Por isso nos ferimos, e morremos. Mas é só uma questão de paciência. De exercício.

Diz o Santo que é como os dedos de uma mão. Trata-se apenas de fechá-la lentamente, na força de um aperto brando — mesmo que tivéssemos que levar uma vida inteira. Diz que precisamos nos apavorar, e que somos tudo, essa é nossa beleza, não nossa doença. É o avesso do horror.

Diz também que nunca houve um antes de Andre, porque desde sempre éramos assim. Por isso não nos cabe

nenhuma nostalgia, nem dispomos de um caminho para voltar atrás.
Diz que não aconteceu nada. Nunca aconteceu nada.

Então, voltei aos gestos que conhecia, tornando a encontrá-los um a um. Por último quis ir à igreja, no domingo, para tocar. Já havia outros garotos, uma nova banda — o padre não podia ficar sem, então nos substituíra. Eram jovens, e não tinham história, se assim posso dizer — havia talvez um deles, no teclado, que valia alguma coisa. Os outros eram garotos. De todo modo, perguntei se podia me juntar a eles com minha guitarra, e eles ficaram honrados. Quando tinham treze anos, vinham à missa para nos escutar — assim, pode-se compreender a situação. Havia até um deles que no cabelo e na barba tentava se parecer com o Santo. O baterista. Por fim fiquei ali, um tanto apartado, com minha guitarra, e fiz o que tinha que fazer. Queriam que eu cantasse, mas dei a entender que não, não cantaria. Ficar ali e tocar — não me importava mais nada.
 Mas mal tinha tocado dois acordes do canto de abertura e já percebi tudo — como era ridículo eu estar ali, e distante de qualquer sensação de volta à casa. Era tão velho, ali no meio — de idade, certamente, mas sobretudo de inocência perdida. Não adiantava nada eu me esconder atrás dos outros, só havia eu. Os pais, dos bancos, e os irmãos mais novos, me procuravam com os olhos, queriam ver o sobrevivente — e, em mim, a sombra negra dos meus amigos perdidos. Não me incomodava, eu é que tinha procurado aquilo, talvez quisesse aquilo mesmo, não queria

mais nada de escondido. Parecia-me que levar tudo à superfície era a primeira providência. Por isso deixava que me olhassem — encarava aquilo como uma humilhação, sinceramente não havia nisso nenhum narcisismo ou qualquer espécie de protagonismo, vivia aquilo como uma humilhação e ser humilhado assim, sem violência, era o que eu queria.

A certa altura, o padre conseguiu incluir a frase que dizia que eu tinha voltado e toda a comunidade me cumprimentava, com o coração cheio de alegria. Muitos, dos bancos, fizeram um sinal afirmativo com a cabeça e foi um esbanjar de sorrisos, um burburinho alegre — todos os olhos sobre mim. Eu não fiz nada. Só tinha medo que começassem a aplaudir. Mas é preciso dizer que aquelas são pessoas educadas, ainda conhecem a medida do que é apropriado — uma arte que está se perdendo.

Logo depois estava fitando os cabelos do padre, durante o sermão, e pela primeira vez percebi como eram. Deveria ter notado havia anos, mas na realidade só naquele dia eu os vi de verdade. De um lado, eram longos, e eram levados até o outro lado da cabeça, para cobrir a calvície. A risca, no ponto em que os cabelos saíam para o outro lado, era ridícula e baixa, pouco acima da orelha. Eram loiros, e penteados com o cuidado necessário. Talvez com fixador. Sob eles, o padre falava do mistério da Imaculada Conceição.

Ninguém sabe, mas a Imaculada Conceição nada tem a ver com a virgindade de Maria. Significa que Maria foi concebida desprovida de pecado original. O sexo não tem nada a ver com isso.

Então eu me perguntava que importância pode ter seu

cabelo se você vive na perspectiva da vida eterna e da edificação do Reino. Como era possível perder tempo com coisas desse tipo — deve ter usado algum tipo de laquê, deve ter saído um dia para *comprá-lo*.

Porque eu não tinha aprendido sequer a clemência, ou o talento de compreender, com nossas aventuras. A piedade pelo que somos, todos.

Aproveitei o sermão — aquele padre hipnotizava a todos, comecei a olhar as caras, nos bancos, agora que não estavam mais me fitando. Tantas pessoas que eu não encontrava havia tempo. Depois, num dos últimos bancos, inicialmente pensei que estivesse errado, mas depois vi que era ela mesmo, Andre, sentada no último lugar que dava para o corredor — estava ouvindo, mas observando ao redor, curiosa.

Talvez nem fosse a primeira vez que vinha.

Eu a odiava, àquela altura, porque continuava a pensar que estivesse na origem de muitos dos nossos males, mas sem dúvida naquele momento só senti que no meio de tantos estrangeiros havia alguém da minha terra, tamanho fora o deslocamento das fronteiras do meu sentir. Por mais absurdo que fosse, pareceu-me que naquela estranha balsa havia também um dos meus — e o instinto de ficar próximo um do outro.

Mas foi um instante.

Assim, quando a missa acabou, dei um tempo para que ela fosse embora. Despedi-me dos garotos e depois fui ao primeiro banco, ajoelhei-me e fiquei rezando, o rosto nas mãos, os cotovelos apoiados na madeira. Era algo que antes eu fazia. Gostava de ouvir o ruído das pessoas indo embora, sem vê-las. E encontrar um ponto, dentro de mim mesmo.

Levantei-me no fim, restavam apenas os gestos aveludados dos coroinhas arrumando o altar.

Voltei-me e Andre ainda estava lá, no seu lugar, sentada — a igreja quase vazia. Compreendi, então, que aquela história ainda não tinha acabado.

Fiz o sinal da cruz e comecei a andar pelo corredor entre os bancos, de costas para o altar.

Ao chegar à altura de Andre, parei e a cumprimentei. Ela se mexeu um pouco, no banco, deixando espaço para mim. Sentei-me a seu lado.

Sempre fui educado a uma resistência obstinada que considera a vida uma obrigação nobre, que deve ser cumprida com dignidade e plenitude. Por isso me deram força e caráter, e a herança de toda tristeza deles, para que eu aprendesse alguma coisa boa. Portanto, está claro para mim que eu nunca morrerei — a não ser em gestos passageiros e momentos esquecíveis. Nem duvido que meu caminhar se revelará mais incisivo que qualquer medo.

E assim será.

ESTA OBRA FOI COMPOSTA POR ACOMTE
EM MERIDIEN E IMPRESSA PELA GRÁFICA BARTIRA
EM OFSETE SOBRE PAPEL PÓLEN BOLD DA SUZANO PAPEL E CELULOSE
PARA A EDITORA SCHWARCZ EM OUTUBRO DE 2011